逐漸變態的心理描繪，一段近乎狂熱的愛戀

迷羊

郁達夫 著

失意又抱病的青年與身處花花世界的名伶
心緒與慾望的深層描寫，一段炙熱且瘋狂的愛情悲劇

「中間的那個穿藍素緞的，偶然間把頭回望了一望，我看出了一個小小橢圓形的嫩臉，和她的和同伴說笑後尚未收斂起的笑容。她很不經意地把頭朝

目錄

目錄

一　入秋

一九××年的秋天，我因為腦病厲害，住在長江北岸的A城裡養病。正當江南江北界線上的這A城，兼有南方溫暖的地氣和北方亢燥的天候。入秋以後，天天只見藍蔚的高天，同大圓幕似的張在空中。東北西三面城外高低的小山，一例披著了翠色，在陽和的日光裡返射。微涼的西北風吹來，往往帶著些秋天乾草的香氣。我尤愛西城外和長江接著的一個棱形湖水旁邊的各小山。早晨起來，拿著幾本愛讀的書，裝滿一袋花生水果香菸，我每到這些小山中沒有人來侵犯的地方去享受靜瑟的空氣。看倦了書，我就舉起眼睛來看山下的長江和江上的飛帆。有時候深深地吸一口菸，兩手支在背後，向後斜躺著身體，縮小了眼睛，呆看著江南隱隱的青山，竟有三十分鐘以上不改姿勢的時候。有時候伸肢體，仰臥在和暖的陽光裡，看看無窮的碧落，一時會把什麼思想都忘記，我就同一片青煙似的不自覺著自己的存在，悠悠的浮在空中。像這樣的懶遊了一個多月，我的身體漸漸就強壯起來了。

中國養腦病的地方很多，何以廬山不住，西湖不住，偏要尋到這一個交通不十分便利的A城裡來呢？這是有一個原因的。自從先君去世以後，家景蕭條，所以我的修學時代，全仗北京的幾位父執，傾囊救助。父親雖則不事生產，潦倒了一生，但是他交的幾位朋友，卻都是慷慨好義，愛人如己的君子，所以我自十幾歲離開故鄉以後，他們供給我的學費，每年至少也有五六百塊錢的樣子。這一次有一位父親生前最知己的伯父，在A省駐節，掌握行政全權。暑假之後，我由京漢車南下，乘長江輪船赴上海，路過A城，上岸去一見，他居然留我在署中做伴，並且委了我一個掛名的諮議，每月有不勞而獲的兩百塊錢俸金好領。這時候我剛在北京的一個大學裡畢業，暑假前因為用功過度，患了一種失眠頭暈的惡症，見他留我的意很殷誠，我也就貓貓虎虎的住下了。

A城北面去城不遠，有一個公園。公園的四周，全是荷花水沼。園中的房舍，是雜築在水荇青荷的田裡。天候晴爽，時有住在城裡的富紳閨女和蘇揚的幺妓，來此閒游。我因為生性孤僻，並且想靜養腦病，所以在A地住下之後，馬上託人關說，就租定了一間公園的茅亭，權當寓舍。然而人類是不喜歡單調的動物，獨居在湖上，日日與清風明月相周旋，也有時要感到割心的不快。所以在湖亭裡蟄居了幾天，我就開始做汗漫的閒行，若不到西城外的小山叢裡去俯仰看長江碧落，便也到城中市上，去和那些閒散的居民夾在一塊，尋一點小小的歡娛。

是到A城以後，將近兩個月的一天午後，太陽依舊是明和可愛，碧落依舊是澄靜高遙，在西城外各處小山上跑得累了，我就拖了很重的腳，走上接近西門的大觀亭去，想在那裡休息一下，再進城上酒樓去吃晚飯。原來這大觀亭，也是A城的一個名所，底下有明朝一位忠臣的墳墓，上面有幾處高敞的亭臺。朝南看去，越過飛逸的長江，便可看見江南的煙樹。北面窗外，就是那個三角形的長湖，湖的四岸，都是雜樹低岡，那一天天色很清，湖水也映得特別的沉靜，特別

一　入秋

的藍碧。我走上大觀亭樓上的時候，正廳及檻旁的客座已經坐滿了，不得已就走入間壁的廂廳裡，靠窗坐下，在躺椅上躺了一會，半天的疲乏，竟使我陷入了很舒服的假寐之境。睡了不曉多少時候，在似夢非夢的境界上，我的耳畔，忽而傳來了幾聲女孩兒的話聲。雖聽不清是什麼話，然而這話聲的主人，的確不是A城的居民，因為語音粗硬，彷彿是淮揚一帶的腔調。

我在北京，雖則住了許多年，但是生來膽小，一直到大學畢業，從沒有上過一次妓館。平時雖則喜歡讀讀小說，畫畫洋畫，然而那些文學界藝術界裡常常聽見的什麼戀愛，什麼浪漫史，卻與我一點兒緣分也沒有。可是我的身體構造，發育程式，當然和一般的青年一年，血管裡也有熱烈的血在流動，官能性器，並沒有半點缺陷，二十六歲的青春，時時在我的頭腦裡筋肉裡呈不穩的現象，對女性的渴慕，當然也是有的。並且當出京以前，還有幾個醫生，將我的腦病，歸咎在性慾的不調，勸我多交幾位男女朋友，可以消散消散胸中堆積著的憂悶。更何況久病初癒，體力增進，血的循環，正是速度增加到頂點的這時候呢？所以我在幻夢與現實的交叉點上，一聽到這異性的喉音，神經就清醒興奮起來了。

從躺椅上站起，很急速地擦了一擦眼睛，走到隔一重門的正廳裡的時候，我看見廳前門外迴廊的檻上，憑立著幾個服色奇異的年輕的幼婦。

她們面朝著檻外，在看揚子江裡的船隻和江上的斜陽，背形服飾，一眼看來，都是差不多的。她們大約都只有十七八歲的年紀，下面著的，是剛在流行的大腳褲，顏色彷彿全是玄色，上面的衣服，卻不一樣。第二眼再仔細看時，我才知道她們共有三人，一個是穿紫色大團花緞的圓角夾衫，一個穿的是深藍素緞，還有一個是穿著黑華絲葛的薄棉襖的。中間的那個穿藍素緞的，偶然間把頭回望了一望，我看出了一個小小橢圓形的嫩臉，和她的和同伴說笑後尚未收斂起的笑容。她很不經意地把頭朝回去了，但我卻在腦門上受了一次大大的棒擊。這清冷的A城內，攏總不過千數家人家，除了幾個妓館裡的放蕩的幺妓而外，從未見過有這樣豁達的女子，這樣可愛的少女，毫無拘束地，三五成群，當這個晴和的午後，來這個不大流行的名所，賞玩風光的。我一時風魔了理性，不知不覺，竟在

一　入秋

她們的背後，正廳的中間，呆立了幾分鐘。

茶博士打了一塊手巾過來，問我要不要吃點點心，同時她們也朝轉來向我看了，我才漲紅了臉，慌慌張張的對茶博士說，「要一點！要一點！有什麼好吃的？」大約因為我的樣子太倉皇了吧？茶博士和她們都笑了起來。我更急得沒法，便轉身走回廂廳的座裡去。臨走時向正廳上各座位匆匆的瞥了一眼，我只見滿地的花生瓜子的殘皮，和幾張桌上的空空的雜亂擺著的幾隻茶壺茶碗。這時候許多遊客都已經散了，「大約在這一座亭臺裡流連未去的，只有我和這三位女子了吧！」走到了座位，在昏亂的腦裡，第一著想起來的，就是這一個思想。茶博士接著跟了過來，手裡肩上，搭著幾塊手巾，笑瞇瞇地又問我要不要什麼吃的時候，我心裡才鎮靜了一點，向窗外一看，太陽已經去小山不盈丈了，即便搖了搖頭，付清茶錢，同逃也似的走下樓來。

我走下扶梯，轉了一個彎走到樓前向下降的石級的時候，舉頭一望，看見那三位少女，已經在我的先頭，一邊談話，一邊也在循了石級，走回家去。我的稍稍恢復了一點和平的心裡，這時候又起起波浪來了，便故意放慢了腳步，想和她們離開遠些，免得受人家的猜疑。

畢竟是日暮的時候，在大觀亭的小山上一路下來，也不曾遇見別的行人。可是一到山前的路上，便是一條西門外的大街，街上行人很多，兩旁盡是小店，盡跟在年輕的姑娘們的後面，走進城去，實在有點難看。我想就在路上僱車，而這時候洋車伕又都不知上哪裡去了，一乘也沒有瞧見；想放大了膽子，索性趕上前去，追過她們的頭，但是一想起剛才在大觀亭上的那種醜態，又恐被她們認出，再惹一場笑話，心裡忐忑不定，誠惶誠恐地跟在她們後面，走進西門的時候，本來是黝暗狹小的街上，已經泛流著暮景，店家就快要上燈了。

西門內的長街，往東一直可通到城市的中心最熱鬧的三牌樓大街，但我因為天已經晚了，不願再上大街的酒館去吃晚飯，打算在北門附近橫街上的小酒館裡吃點點心，就出城回到寓舍裡去，正在心中打算，想向西門內大街的岔路裡走往北去，她們三個，不知怎麼的，已經先我轉彎，向北走上城去了。我在轉彎路口，又遲疑了一會，便也打定主意，往北的彎了過去。這時候我因為已經跟她們走了半天了，膽量已比從前大了一點，並且好奇心，也在開始活動，有「索性跟她們一陣，看她們到底走上什麼地方去」的心思。走過了司下坡，進了青天白日的舊時的道臺衙門，往後門穿出，由楊家拐拐往東去，在一條橫街的旅館門口，她們三人同時舉起頭來對了立在門口的一位五十來歲的姥姥笑著說：「您站在這兒幹嘛？」這是那位穿黑衣的姑娘說的，的確是天津話。這時候我已走近她們的身邊了，所以她們的談話，我句句都聽得很清楚。那姥姥就拉著了那黑衣姑娘說：「臺上就快開鑼了，老闆也來催過，妳們若再遲回來一點兒，我就想打發人來找妳們哩，快吃晚飯去吧！」啊啊，到這裡我才知道她們是在行旅中的髦兒戲子，怪不得她們的服裝，是那樣奇特，行動是那樣豁達的。天色已經黑了，橫街上的幾家小鋪子裡，也久已上了燈火。街上來往的人跡，漸漸的稀少了下去。打人家的門口經過，老聞得出油煎蔬菜的味兒和飯香來，我也覺著有點飢餓了。

說到戲園，這鬥大的A城裡，原有一個。不過常客很少的這戲園，在A城的市民生活上，從不占有什麼重大的位置。有一次，我從北門進城來，偶爾在一條小小的曲巷口，從澄清的秋氣中聽見了幾陣鑼鼓聲音，順便踏進去一看，看見了一間破爛的屋裡，黑黝黝的聚集了三四十人坐在臺前。坐的桌子椅子，當然也是和這戲園相稱的許多白木長條。戲園內光線也沒有，空氣也不通，我看了一眼，心裡就害怕了，即便退了出來。像這樣的戲園，當然聘不起名角的，來演的頂多大約是些行旋的雜湊班或是平常演神戲的水陸團隊。所以我到了A城兩個多月，竟沒有注意過這戲園的角色戲目。這一回偶然遇到了那三個女孩兒，我心裡卻起了一種奇異的感想，所以在大街上的一家菜館裡坐定之後，就教夥計把今天的報拿了過來。一邊在等著晚飯的菜，一邊拿起報來就在灰黃的電燈下看上戲園的廣告上去。果然在第二張新聞的後半封面上，用了二號活字，排著「禮聘超等名角文武須生謝月英本日登臺，女伶泰」的幾個字。在同排上還有「李蘭香著名青衣花旦」、「陳蓮奎獨一無二女界黑頭」的兩個配角。本晚她們所演的戲是最後一齣《二進宮》。

一　入秋

我在北京的時候，胡同雖則不去逛，但是戲卻是常去聽的。那一天晚上一個人在菜館裡吃了一點酒，忽然動了興致，付帳下樓，就決定到戲園裡去坐它一坐。日間所見的那幾位姑娘。當然也是使我生出這異想來的一個原因。因為我雖在那旅館門口，聽見了一二句她們的談話，然而究竟她們是不是女伶呢？聽說寄住在旅館裡的娼妓也很多，她們或許也是賣笑者流吧？並且若是她們果真是女伶，那麼她們究竟是不是和謝月英在一班的呢？若使她們真是謝月英一班的人物，那麼究竟誰是謝月英呢？這些無關緊要，沒有價值的問題，平時再也不會上我的腦子的問題，這時候大約因為我過的生活太單調了，腦子裡太沒有什麼事情好想了，一路上用牙籤刮著牙齒，俯倒了頭，竟接二連三的占住了我的思索的全部。在高低不平的灰暗的街上走著，往北往西的轉了幾個彎，不到十幾分鐘，就走到了那個我曾經去過一次的倒楣的戲園門口。

幸虧是晚上，左右前後的坍敗情形，被一盞汽油燈的光，遮掩去了一點。到底是禮聘的名角登臺的日子，門前賣票的柵欄口，竟也擠滿了許多中產階級的先生們。門外路上，還有許多游手好閒的第四階級的民眾，張開了口在那裡看汽油燈光，看熱鬧。

我買了一張票，從人叢和鑼鼓聲中擠了進去，在第三排的一張正面桌上坐下了。戲已經開演了好久，這時候臺上正演著第四出的《泗州城》。那些女孩子的跳打，實在太不成話了，我就咬著瓜子，盡在看戲場內的周圍和座客的情形。場內點著幾盞黃黃的電燈，正面廳裡，也擠滿了二三百人的坐客。廳旁兩廂，大約是二等座位，那裡盡是些穿灰色制服的軍人。兩廂及後廳的上面，有一層環樓，樓上只坐著女眷。正廳的一二三四排裡，坐了些年紀很輕，衣服很奢麗的，在中國的無論哪一個地方都有的時髦青年。他們好像是常來這戲園的樣子，大家都在招呼談話，批評女角，批評樓上的座客，有時笑笑，有時互打瓜子皮兒，有時在竊竊作密語。《泗州城》下臺之後，臺上的汽油燈，似乎加了一層光，我的耳畔，忽然起了一陣喊聲。原來是《小上墳》上臺了，左右前後的那些唯美主義者，彷彿在替他們的祖宗爭光彩，看了淫豔的那位花旦的一舉一動，就拚命的叫噪起來，同時還有許多哄笑的聲音。肉麻當有趣，我實在被他們弄得坐不住了，把腰部升降了好幾次，想站起來走，但一邊想想看，底下橫豎沒有幾齣戲了，且咬緊牙齒忍耐著，就等它一等吧！

好容易挨過了兩個鐘頭的光景，臺上的鑼鼓緊敲了一下，冷了一冷臺，底下就是最後的一出《二進宮》了。果然不錯，白天的那個穿深藍素緞的姑娘扮的是楊大人，我一見她發表，就不知不覺的漲紅了臉，同時耳畔又起了一陣雷也似的喊聲，更加使我頭腦昏了起來。她的扮相真不壞，不過有鬍鬚戴在那裡，全部的臉子，看不清楚，但她那一雙迷人的眼睛，時時往臺下橫掃的眼睛，實在有使這一班遊蕩少年驚魂失魄的力量。她嗓音雖不洪亮，但辨字辨得很清，氣也接得過來，拍子尤其工穩。在這一個小小的A城裡，在這一個坍敗的戲園裡，她當然是可以壓倒一切了。不知不覺的中間，我也受了她的催眠暗示，一直到散場的時候止，我的全副精神，都貫注在她一個人的身上，其他的兩個配角，我只知道扮龍國太的，便是白天的那個穿紫色夾衫的姑娘，扮千歲的，定是那個穿黑衣黑褲的所謂陳蓮奎。

她們三個人中間，算陳蓮奎身材高大一點，李蘭香似乎太短小了，不長不短，處處合宜的，還是謝月英，究竟是名不虛傳的超等名角。

那一天晚上，她的掃來掃去的眼睛，有沒有注意到我，我可不知道。但是戲散之後，從戲園子裡出來，一路在暗路上摸出城去，我的腦子裡盡在轉念的，卻是這幾個名詞：

「噢！超等名角！

噢！文武須生！

謝月英！謝月英！

好一個謝月英！」

一　入秋

閒人的頭腦，是魔鬼的工場，我因為公園茅亭裡的閒居生活單調不過，也變成了那個小戲園的常客了，誘引的最有力者，當然是謝月英。

二　誘引

這時候節季已進了晚秋，那一年的A城，因為多下了幾次雨，天氣已變得很涼冷了。自從那一晚以後，我每天早晨起來，在茅亭的南窗外階上躺著享太陽，一隻手裡拿一杯熱茶，一隻手裡拿一張新聞，第一注意閱讀的，就是廣告欄裡的戲目，和那些A地的地方才子（大約就是那班在戲園內拚命叫好的才子吧）所做的女伶的身世和劇評。一則因為太沒有事情幹，二則因為所帶的幾本小說書，都已看完了，所以每晚閒來無事，終於還是上戲園去聽戲，並且謝月英的唱做，的確也還過得去，與其費盡了腳力，無情無緒地冒著寒風，去往小山上奔跑，倒還不如上戲園去坐坐的安閒，於是在晴明的午後，她們若唱戲，我也沒有一日缺過席，這是我見了謝月英之後，新改變的生活方式。

二　誘引

寒風一陣陣的緊起來，四周遼闊的這公園附近的荷花樹木，也都凋落了。田塍路上的野草，變成了黃色，舊日的荷花池裡，除了幾根零殘的荷根而外，只有一處一處的瀦水在那裡迎送秋陽，因為天氣涼冷了的緣故，這十里荷塘的公共園遊地內，也很少有人來，在淡淡的夕陽影裡，除了西飛的一片鴉聲外，只有幾個沉默的佃家，站在泥水中間挖藕的聲音。我的茅亭的寓舍，到了這時候，已經變成了出世的幽棲之所，再住下去，怕有點不可能了。況且因為那戲園的關係，每天晚上，到了夜深，要守城的警察，開門放我出城，出城後，更要在孤靜無人的野路上走半天冷路，實在有點不便，於是我的搬家的決心，也就一天一天的堅定起來了。

像我這樣的一個獨身者的搬家問題，當然是很簡單，第一那位父執的公署裡，就可以去住，第二若嫌公署裡繁雜不過，去找一家旅館，包一個房間，也很容易。可是我的性格，老是因循苟且，每天到晚上從黑暗裡摸回家來，就決定次日一定搬家，第二天一定去找一個房間，但到了第二天的早晨，享享太陽，喝喝茶，看看報，就又把這事擱起了。到了午後，就是照例的到公署去轉一轉，或上酒樓去吃點酒，晚上又照例的到戲園子去，像這樣的生活，不知不覺，竟過了兩個多星期。

正在這個猶豫的期間裡，突然遇著了一個意想不到的機會，竟把我的移居問題解決了。

大約常到戲園去聽戲的人，總有這樣的經驗的吧？幾個天天見面的常客，在不知不覺的中間，很容易聯成朋友。尤其是在戲園以外的別的地方突然遇見的時候，兩人就會老朋友似的招呼起來。有一天黑雲飛滿空中，北風吹得很緊的薄暮，我從剃頭鋪裡修了面出來，在剃頭鋪門口，突然遇見了一位衣冠很瀟灑的青年。他對我微笑著點了一點頭，我也笑了一臉，回了他一個禮，等我走下臺階，立著和他並排的時候，他又笑瞇瞇地問我說：「今晚上仍舊去安樂園麼？」到此我

二　誘引

才想起了那個戲園，——原來這戲園的名字叫安樂園——和在戲臺前常見的這一個小白臉。往東的和他走了二三十步路，同他談了些女伶做唱的評話，我們就在三岔路口分散了。那一天晚上，在城裡吃過晚飯，我本不想再去戲園，但因為出城回家，北風颳得很冷，所以路過安樂園的時候，便也不自意識地踏了進去，打算權坐一坐，等風勢殺一點後再回家去。誰知一入戲園，那位白天見過的小白臉就跑過來和我說話了。他問了我的姓名職業住址後，對我就恭維起來，我聽了雖則心裡有點不舒服，但遇在這樣悲涼的晚上，又處在這樣孤冷的客中，有一個本地的青年朋友，談談閒話，也並不算壞，所以就也和他說了些無聊的話。等到我告訴他一個人獨寓在城外的公園，晚上次去——尤其是像這樣的晚上——真有些膽怯的時候，他就跳起來說：「那你為什麼不搬到謝月英住的那個旅館裡去呢？那地方去公署不遠，去戲園尤其近。今晚上戲散之後，我就同你去看看，好麼？順便也可去看看月英和她的幾個同伴。」

他說話的時候，很有自信，彷彿謝月英和他是很熟似的。我在前面也已經說過，對於逛胡同，訪女優，一向就沒有這樣的經驗，所以聽了他的話，竟紅起臉來。他就嘲笑不像嘲笑，安慰不像安慰似的說：「你在北京住了這許多年，難道這一點經驗都沒有麼？訪問訪問女戲子，算什麼一回事？並不是我在這裡對你外鄉人吹牛皮，識時務的女優到這裡的時候，對我們這一輩人，大約總不敢得罪的。今晚上你且跟我去看看謝月英在旅館裡的樣子吧！」

他說話的時候，很表現著一種得意的神情，我也不置可否，就默笑著，注意到臺上的戲上去了。

在戲園子裡一邊和他談話，一邊想到戲散之後，究竟還是去呢不去的問題，時間卻過去得很快，不知不覺的中間，七八出戲已經演完，臺前的座客便嘈嘈雜雜的立起來走了。

臺上的煤氣燈吹熄了兩張，只留著中間的一張大燈，還在照著雜役人等的掃地，疊桌椅。這時候臺前的座客也走得差不多了，鑼鼓聲音停後的這破戲園內的空氣，變得異常的靜默蕭條。臺房裡那些女孩子們嘻嘻叫喚的聲氣，在池子裡也聽得出來。

我立起身來把衣帽整了一整，猶豫未決地正想走的時候，那小白臉卻拉著我的手說：

「你慢著，月英還在後臺洗臉哩，我先和你上後臺去瞧一瞧吧！」

說著他就拉了我爬上戲臺，直走到後臺房裡去。臺房裡還留著許多扮演末一齣戲的女孩們，在黃灰灰的電燈光裡卸妝洗手臉。亂雜的衣箱，亂雜的盔帽，和五顏六色的刀槍器具，及花花綠綠的人頭人面衣裳之類，與一種雜談聲，哄笑聲緊擠在一塊，使人一見便能感到一種不規則無節制的生活氣氛來。我羞羞澀澀地跟了這一位小白臉，在人叢中擠過了好一段路，最後在東邊屋角盡處，才看見了陳蓮奎謝月英等的卸裝地方。

原來今天的壓臺戲是《大回荊州》，所以她們三人又是在一道演唱的。謝月英把袍服脫去，只穿了一件粉紅小襖，在朝著一面大鏡子擦臉。她腰裡緊束著一條馬帶，所以穿黑褲子的後部，突出得很高。在黯淡的電燈光裡，我一看見了她這一種形態，心裡就突突的跳起來了，又哪裡經得起那小白臉的一番肉麻的介紹呢？他走近了謝月英的身後，拿了我的右手，向她的肩上一拍，裝著一臉純肉感的嬉笑對她說：「月英！我替你介紹一位朋友。這一位王先生，是我們省長舒先生的至戚，他久慕妳的盛名了，今天我特地拉他來和妳見見。」

謝月英回轉頭來，「我的媽呀」的叫了一聲，佯嗔假喜的裝著驚恐的笑容，對那小白臉說：「陳先生，你老愛那麼的動手動腳，駭死我了。」

說著，她又回過眼來，對我斜視了一眼，口對著那小白臉，眼卻瞟著我的說：「我們還要你介紹麼？天天在臺前頭見面，還怕不認得麼？」我因為那所謂陳先生拿了我的手拍上她的肩去之後，一面感著一種不可名狀的電氣，心裡同喝醉了酒似的在起混亂，一面聽了她那一句動手動腳的話，又感到了十二分的羞愧。所以她的頻頻送過來的眼睛，我只漲紅了臉，伏倒了頭，默默的在那裡承受。既不敢回看她一眼，又不敢說出一句話來。

一邊在髦兒戲房裡特別聞得出來的那一種香粉香油的氣味，不知從何處來的，盡是一陣陣的撲上鼻來，弄得我吐氣也吐不舒服。

我正在侷促難安，走又不是，留又不是的當兒，謝月英彷彿想起了什麼似的，和在她邊上站著、也在卸裝梳洗的李蘭香咬了一句耳朵。李蘭香和她都含了微笑，對我看了一眼。謝月英又朝李蘭香打了一個招呼，彷彿是在促她承認似的。李蘭香笑了笑，點了一點頭後，謝月英就親親熱熱的對我說：「王先生，您還記得麼？我們初次在大觀亭見面的那一天的事情？」

說著她又笑了起來。

我漲紅的臉上又加了一陣紅，也很不自然地裝了臉微笑，點頭對她說：「可不是嗎？那時候是妳們剛到的時候吧？」

她們聽了我的說話聲音，三個人一齊朝了轉來，對我凝視。那高大的陳蓮奎，並且放了她同男人似的喉音，問我說：「您先生也是北京嗎？什麼時候到這兒來的？」

我囁嚅地應酬了幾句，實在覺得不耐煩了——因為怕羞得厲害——所以就匆匆地促那一位小白臉的陳君，一道從後門跑出到一條狹巷裡來。臨走的時候，陳君又回頭來對謝月英說：「月英，我們先到旅館裡去等妳們，妳們早點回來，這一位王先生要請妳們吃點心哩！」

手裡拿了一個包袱，站在月英等身旁的那個姥姥，也裝著笑臉對陳君說：「陳先生！我的白乾兒，你別忘記啦！」

陳君也呵呵呵的笑歪了臉，斜側著身子，和我走了出來。一出後門，天上的大風，還在嗚嗚的刮著，尤其是漆黑漆黑的那狹巷裡的冷空氣，使我打了一個冷痙。那濃豔的柔軟的香溫的後臺的空氣，到這裡才發生了效力，使我生出了一種後悔的心思，悔不該那麼急促地就離開了她們。

我仰起來看看天，蒼紫的寒空裡澄練得同冰河一樣，有幾點很大很大的秋星，似乎在風中搖動。近邊有一隻野犬，在那裡迎著我們嗚叫。又烏烏的劈面來了一陣冷風，我們卻摸出了那條高低不平的狹巷，走到了燈火清熒的北門大街上了。

二　誘引

街上的小店，都已關上了門，間著很長很遠的間隔，有幾盞街燈，照在清冷寂靜的街上。我們踏了許多模糊的黑影，向南的走往那家旅館裡去，路上也追過了幾組和我們同方向走去的行人。這幾個人大約也是剛從戲園子裡出來，慢慢的走著，一邊他們還在評論女角的色藝，也有幾個在幽幽地唱著不合腔的皮簧的。

在橫街上轉了彎，走到那家旅館門口的時候，旅館裡的茶房，好像也已經被北風吹冷，躲在棉花被裡了。我們在門口寒風裡立著，兩人都默默的不說一句話，等茶房起來開大門的時候，只看見灰塵積得很厚的一盞電燈光，照著了大新旅館的四個大字，毫無生氣，毫無熱意的散射在那裡。

那小白臉的陳君，好像真是常來此地訪問謝月英的樣子。他對了那個放我們進門之後還在擦眼睛的茶房說了幾句話，那茶房就帶我們上裡進的一間大房裡去了。這大房當然是謝月英她們的寓房，房裡縱橫疊著些衣箱洗面架之類，朝南的窗下有一張八仙桌擺著，東西北三面靠牆的地方，各有三張床鋪鋪在那裡，東北角裡，帳子和帳子的中間，且斜掛著一道花布的簾子。房裡頭收拾得乾淨得很，桌上的鏡子粉盒香菸罐之類，也整理得清清楚楚，進了這房，誰也感得到一種閒適安樂的感覺。尤其是在這樣的晚上，能使人更感到一層熱意的，是桌上掛在那裡的一盞五十支光的白熱的電燈。

陳君坐定之後，叫茶房過來，問他有沒有房間空著了。他抓抓頭想了一想，說外進還有一間四十八號的大房間空著，因為房價太大，老是沒人來住的。陳君很威嚴的吩咐他去收拾乾淨來，一邊卻回過頭來對我說：「王君！今晚上風颼得這麼厲害，並且吃點點心，談談閒話，總要到一兩點鐘才能回去。夜太深了，你出城恐怕不便，還不如在四十八號住它一晚，等明天老闆起來，順便就可以和他辦遷居的交涉，你說怎麼樣？」

我這半夜中間，被他弄得昏頭昏腦，尤其是從她們的後臺房裡出來之後，又走到了這一間嬌香溫暖的寢房，正和受了狐狸精迷的病人一樣，自家一點兒主張也沒有了，所以只是點頭默認，由他在那裡擺布

他叫我出去，跟茶房去看了一看四十八號的房間，便又命茶房去叫酒菜。我

們走回到後進謝月英的房裡坐定之後，他又翻來翻去翻了些謝月英的扮戲照相出來給我看。一張和李蘭香照的《武家坡》，似乎是在A地照的，扮相特別的濃豔，姿勢也特別的有神氣。我們正在翻看照相，批評她們的唱做的時候，門外頭的車聲雜談聲，哄然響了一下，接著果然是那個姥姥，背著包袱，叫著跑進屋裡來了。

「陳先生，你們候久了吧？那可氣的皮車，叫來叫去都叫不著，我還是走了回來的呢！她們倒還是我快，你說該死不該死？」

說著，她走進了房，把包袱藏好在東北角裡的布簾裡面，以手往後面一指說：「她們也走進門來了！」

她們三人一進房來之後，房內的空氣就不同了。陳君的笑說，更是層出不窮，說得她們三人，個個都彎腰捧肚的笑個不了。還有許多隱語，我簡直不能了解的，而在她們，卻比什麼都還有趣。陳君只須開口題一個字，她們的正想收斂起來的哄笑，就又會勃發起來。後來弄得送酒菜來的茶房，也站著不去，在邊上湊起熱鬧來了。

這一晚說說笑喝喝酒，陳君一直鬧到兩點多種，方才別去，我就在那間四十八號的大房裡，住了一晚。第二天起來，和帳房辦了一個交涉，我總算把我的遷居問題，就這麼的在無意之中解決了。

二　誘引

三　亂夢

這一間房間，倒是一間南房。雖然說是大新旅館的最大的客房，然而實際上不過是中國舊式的五開間廳屋旁邊的一個側院，大約是因為旅館主人想省幾個木匠板料的錢，所以沒有把它隔斷。我租定了這間四十八號房之後，心裡倒也快活得很，因為在我看來，也算是很麻煩的一件遷居的事情，就可以安全簡捷地解決了。

第二天早晨十點鐘前後，從夜來的亂夢裡醒了過來，看看房間裡從階沿上射進來的陽光，聽聽房外面時斷時續的旅館裡的茶房等雜談行動的聲音，心裡卻感著了一種莫名其妙的喜悅。所以一起來之後，我就和旅館老闆去辦交涉，請他低減了房金，預付了他半個月的房錢，便回到城外公園的茅亭裡去把衣箱書籍等

三　亂夢

件，搬移了過來。

這一天是星期六，安樂園午後本來是有日戲的，但我因為昨晚上和她們胡鬧了一晚，心裡實在有點害羞，怕和她們見面，終於不敢上戲園裡去。所以吃完中飯以後，上公署去轉了一轉，就走回了旅館，在房間裡坐著呆想。

晚秋的晴日，真覺得太挑人愛，天井裡窺俯下來的蒼空，和街市上小孩們的歡樂的噪聲，盡在誘動我的游思，使我一個人坐在房裡，感到了許多壓不下去的苦悶。勉強的想拿出幾本愛讀的書來鎮壓放心，可是讀不了幾頁，我的心裡，就會想到北門街上的在太陽光裡來往的群眾，和在那戲臺前頭緊擠在一塊的許多輕薄少年的光景上去。

在房裡和囚犯似的走來走去的走了半天，我覺得終於是熬忍不過去了，就把桌上擺著的呢帽一拿，慢慢的踱出旅館來。出了那條旅館的橫街，在丁字路口，正在計算還是往南呢往北的中間，後面忽而來了一隻手，在我肩上拍了兩拍，我駭了一跳，回頭來一看，原來就是昨晚的那位小白臉的陳君。

他走近了我的身邊，向我說了幾句恭賀喬遷的套話以後，接著就笑說：「我剛上旅館去問過，知道你的行李已經搬過來了，真敏捷啊！從此你這近水樓臺，怕有點危險了。」

呵呵呵的笑了一陣，我倒被他笑得紅起臉來了，然而兩隻腳卻不知不覺的竟跟了他走向北去。

兩人談著，沿了北門大街，在向安樂園去的方面走了一段，將到進戲園去的那條狹巷口的時候，我的意識，忽而回覆了轉來，一種害羞的疑念，又重新罩住了我的心意，所以就很堅決的對陳君說：「今天我可不能上戲園去，因為還有一點書籍沒有搬來，所以我想出城再上公園去走一趟。」

說完這話，已經到了那條巷口了，鑼鼓聲音也已聽得出來，陳君拉了我一陣，勸我戲散之後再去不遲，但我終於和他分別，一個人走出了北門，走到那荷田中間的公園裡去。

大約因為是星期六的午後的原因，公園的野路上，也有幾個學生及紳士們在那裡遊走。我背了太陽光走，到東北角的一間茶樓上去坐定之後，眼看著一碧的秋空，和四面的野景，心裡盡在跳躍不定，彷彿是一件大事，將要降臨到我頭上來的樣子。

賣茶的夥計，因為住久相識了，過來說了幾句閒話之後，便自顧自的走下樓去享太陽去了，我一個人就把剛才那小白臉的陳君所說的話從頭細想了一遍。說到我這一次的搬家，實在是必然的事實，至於搬上大新旅館去住，也完全是偶然的結果。謝月英她們的色藝，我並沒有怎麼樣的傾倒佩服，天天去聽她們的戲，也不過是一種無聊時的解悶的行為，昨天晚上的去訪問，又不是由我發起，並且戲散之後，我原是想立起來走的。想到了這種否定的事實，我心裡就寬了一半，剛才那陳君說的笑話，我也以這幾種事實來做了辯護。然而辯護雖則辯了，而心裡的一種不安，一種想到戲園裡去坐它一二個鐘頭的渴想，仍復在燃燒著我的心，使我不得安閒。

我從茶樓下來，對西天的斜日迎走了半天，看看公園附近的農家在草地上堆疊乾草的工作，心裡終想走回安樂園去，因為這時候謝月英她們恐怕還在臺上，記得今天的報上登載在那裡的是李蘭香和謝月英的末一出《三娘教子》。

一邊在做這種想頭，一邊竟也不自意識地一步一步走進了城來。沿北門大街走到那條巷口的時候，我竟在那裡立住了。然而這時候進戲園去，第一更容易招她們及觀客們的注意，第二又覺得要被那位小白臉的陳君取笑，所以我雖在巷口呆呆立著，而進去的決心終於不敢下，心裡卻在暗暗抱怨陳君，和一般有祕密的人當祕密被人家揭破時一樣。

在巷口立了一陣，走了一陣，又回到巷口去了一陣，這中間短促的秋日，就蒼茫地晚了。我怕戲散之後，被陳君捉住，又怕當謝月英她們出來的時候，被她們看見，所以就急急的走回到旅館裡來。這時候，街上的那些電力不足的電燈，也已經黃黃的上了火了。

在旅館裡吃了晚飯，我幾次的想跑到後進院裡去看她們回來了沒有，但終被怕羞的心思壓制了下去。我坐著吸了幾支菸，上旅館門口去裝著閒走無事的樣子走了幾趟，終於見不到她們的動靜，不得已就只好仍復照舊日的課程，一個人慢慢從黃昏的街上走到安樂園去。

究竟是星期六的晚上，時候雖則還早，然而座客已經在臺前擠滿了。我在平日常坐的地方托茶房辦了一個交涉插坐了進去，臺上的戲還只演到了第三齣。坐定之後，向四邊看了一看，陳君卻還沒有到來，我一半是喜歡，喜歡他可以不來說笑話取笑我。一半也在失望，恐怕他今晚上終於不到這裡來，將弄得臺前頭叫好的人少去一個，致謝月英她們的興致不好。

戲目一齣一齣的演過了，而陳君終究不來，到了最後的一出《逼宮》將要上臺的時候，我心裡真同洪水爆發時一樣，同時感到了許多羞懼，喜歡，懊惱，後悔等起伏的感情。

然而謝月英、陳蓮奎終究上臺了，我漲紅了臉，在人家喝彩的聲裡瞪著兩眼，在呆看她們的唱做。謝月英果然對我瞟了幾眼，我這時全身就發了熱，彷彿滿院子的看戲的人都已經識破了我昨晚的事情在凝視我的樣子。耳朵裡嗡嗡的響了起來，鑼鼓聲雜嗓聲和她們的唱戲的聲音都從我的意識裡消失了過去，我只在聽謝月英問我的那句話，「王先生，您還記得麼？我們初次在大觀亭見面的那一天的事情？」接著又昏昏迷迷的想起了許多昨晚上她的說話，她的動作，和她的著服平常的衣服時候的聲音笑貌來。覃覃覃的一響，戲演完了，我正同做了一場熱病中的亂夢之後的人一樣，急紅了臉，夾著雜亂，一立起就拚命的從人叢中擠出了戲院的門。「她們今晚上唱的是什麼？我應當走上什麼地方去？現在是什麼時候了？」的那些觀念，完全從我的意識裡消滅了，我的腦子和痴呆者的腦子一樣，已經變成了一個一點兒皺紋也沒有的虛白的結晶。

在黑暗的街巷裡跑來跑去不知跑了多少路，等心意恢復了一點平穩，頭腦清醒一點之後，摸走回來，打開旅館的門，回到房裡去睡的時候，近處的雄雞，的確有幾處在叫了。

說也奇怪，我和謝月英她們在一個屋頂下住著，並且吃著一個鍋子的飯，而自我那一晚在戲臺上見她們之後，竟有整整的三天，沒有見到她們。當然我想見她們的心思是比什麼都還要熱烈，可是一半是怕羞，一半是怕見了她們之後，又要興奮得同那晚從戲園子裡擠出來的時候一樣，心裡也有點恐懼，所以故意的在避掉許多可以見到她們的機會。自從那一晚後，我戲園裡當然是不去了，那小白臉的陳君，也奇怪得很，這三天之內，竟絕跡的沒有上大新旅館裡來過一次。

自我搬進旅館去後第四天的午後兩點鐘的時候，我吃完午飯，剛想走到公署裡去，忽而在旅館的門口遇到了謝月英。她也是一個人在想往外面走，可是有點猶豫不決的樣子，一見了我，就叫我說：「王先生！你上哪兒去呀？我們有幾天不見了，聽說你也搬上這兒來住了，真的麼？」

我因為旅館門口及廳上有許多閒雜人在立著呆看，所以臉上就熱了起來，盡是含糊囁嚅地回答她說「是！是！」她看了我這一種窘狀，好像是很對我不起似的，一邊放開了腳，向前走出門來，一邊還在和我支吾著說話，彷彿是在叫我跟上去的意思。我跟著她走出了門，走上了街，直到和旅館相去很遠的一處巷口轉了彎，她才放鬆了腳步，和我並排走著，一邊很切實地對我說：「王先生！我想上街去買點東西，姥姥病倒了，不能和我出來，你有沒有時間，可以和我一道去？」

我的被攪亂的神志，到這裡才清了一清，聽了她這一種切實的話，當然是非常喜歡的。所以走出巷口，就叫了兩乘洋車，陪她一道上大街上去。

正是午後剛熱鬧的時候，大街上在太陽光裡走著的行人也很擁擠，所以車走得很慢。我在車上，問了她想買的是什麼，她就告訴我說：「天氣冷了，我想新做一件皮襖。皮是帶來了，可是面子還沒有買好。偏是姥姥病了，李蘭香也在發燒，是和姥姥一樣的病，所以沒有人和我出來，蓮奎也不得不在家裡陪她們。」

說著，我們的車，已經到了A城最熱鬧的那條三牌樓大街了。在一家綢緞洋貨鋪門口下了車，我給車錢的時候，她回過頭來對我很自然地呈了一臉表示感謝的媚笑。我從來沒有陪了女人上鋪子裡去買過東西，所以一進店鋪，那些夥計們擠攏來的時候，我又漲紅了臉。

她靠住櫃臺，和夥計在說話，我一個人盡是紅了臉躲在她的背後不敢開口。

直到緞子拿了出來，她問我關於顏色花樣等意見的時候，我才羞羞縮縮地挨了上去，和她並排地立著。

剪好了緞子，步出店門，我問她另外有沒有什麼東西買的時候，她又側過臉來，對我斜視了一眼，笑著對我說：「王先生！天氣這麼的好，你想上什麼地方去玩去不想？我這幾天在房裡看她們的病可真看得悶起來了。」

聽她的話，似乎李蘭香和姥姥，已經病了兩三天了，病症彷彿是很重的流行性感冒。我到此地才想起了這幾天報上不見李蘭香配戲的事情，並且又發見了到大新旅館以後三天不曾見她們面的原委。兩人在熱鬧的大街上談談走走，不知不覺竟走到了出東門去的那條大街的口上，一直走出東門，去城一二里路，有一個名剎迎江寺立著，是A城最大的一座寺院，寺裡並且有一座寶塔憑江，可以拾級攀登，也算是A城的一個勝景。我於是乎就約她一道出城，上這一個寺裡去逛去。

四　痕跡

迎江寺的高塔，反映著眩目的秋陽，突出了黃牆黑瓦的幾排寺屋，倒影在淺淡的長江水裡。無窮的碧落，因這高塔的一觸，更加顯出了它面積的浩蕩，悠閒自在，似乎在笑祝地上人世的經營，在那裡投散它的無微不至的恩賜。我們走出東門後，改坐了人力車，在寺前階下落車的時候，早就感到了一種悠遊的閒適氣氛，把過去的愁思和未來的憂苦，一切都拋在腦後了。謝月英忘記了自己是一個女優，一個以供人玩弄為職業的婦人，我也忘記了自己是為人在客。從石級上一級一級走進出門去的中間，我們竟向兩旁坐在石級上行乞的男女施捨了不少的金錢。

走進了四天王把守的山門，向朝江的那位布袋佛微微一笑，她忽而站住了，貼著我的側面，輕輕的仰視著我問說：「我們香也不燒，錢也不寫，像這樣的白進來逛，可以的麼？」

「那怕什麼！名山勝地，本來就是給人家遊逛的地方，怕它幹嘛！」

穿過了大雄寶殿，走到後院的中間，那一座粉白的寶塔上部，就壓在我們的頭上了，月英同小孩子似的跳了起來，嘴裡叫著，「我們上去吧！我們上去吧！」一邊她的腳卻向前跳躍了好幾步。

塔院的周圍，有幾個鄉下人在那裡膜拜。塔的下層壁上，也有許多墨筆鉛筆的詩詞之類，題在那裡。壁龕的佛像前頭，還有幾對小蠟燭和線香燒著，大約是剛由本地的善男信女們燒過香的。

塔弄裡很黑，一盞終年不熄的煤油燈光，照不出腳下的行路來。我在塔前買票的中間，她似乎已經向塔的內部窺探過了，等我回轉身子找她進塔的時候，她臉上卻裝著了一臉疑懼的苦笑對我說：「塔的裡頭黑得很，你上前吧！我倒有點怕！」

向前進了幾步，在斜鋪的石級上，被黑黝黝的空氣包住，我忽而感到了一種異樣的感情。在黑暗裡，我覺得我的臉也紅了起來。悶聲不響，放開大步向前更跨了一步，拍塔的一響，我把兩級石級跨做了一級，踏了一腳空，竟把身子斜睡下來了。「小心！」的叫了一聲，謝月英搶上來把我挾住，我的背靠在她的懷裡，臉上更同火也似的燒了起來。把頭一轉，我更聞出了她「還好麼？還好麼？」在問我的氣息。這時候，我的意識完全模糊了，一種羞愧，同時又覺得安逸的怪感情，從頭上散行及我的腳上。我放開了一隻右手，在黑暗裡不自覺的摸探上她的支在我胸前的手上去。一種軟滑的，同摸在麥粉團上似的觸覺，又在我的全身上通了一條電流。一邊斜靠在壁上，一邊緊貼上她的前胸，我默默地呆立了一二分鐘。忽而聽見後面又有腳步聲來了，把她的手緊緊地一捏，我才立起身來，重新向前一步一步的攀登上塔。走上了一層，走了一圈，我也不敢回過頭來看她一眼，她也默默地不和我說一句話，盡在跟著我跑，這樣的又是一層，又走了一圈。一直等走到第五層的時候，覺得後面來登塔的人，已經不跟在我們的後頭了，我才走到了南面朝江的塔門口卻站住了腳。她看我站住了，也就不跟過來，故意留在塔的外層，在朝西北看A城的煙戶和城外的鄉村。

太陽剛斜到了三十度的光景，揚子江的水面，顏色絳黃，絕似一線著色的玻璃，有許多同玩具似的帆船汽船，在這平穩的玻璃上游駛，過江隔岸，是許多同發也似的叢林，樹林裡也有一點一點的白色紅色的房屋露著。在這些枯林房屋的背後，更有幾處淡淡的秋山，縱橫錯落，彷彿是被毛筆畫在那裡的樣子。包圍在這些山影房屋樹林的周圍的，是銀藍的天蓋，澄清的空氣，和飽滿的陽光。抬起頭來也看得見一縷兩縷的浮雲，但晴天浩大，這幾縷微雲對這一幅秋景，終不能加上些兒陰影。從塔上看下來的這一天午後的清景，實在是太美滿了。

我呆立了一會，對這四周的風物凝了一凝神，覺得剛才的興奮漸漸兒的平靜了下去。在塔的外層輕輕走了幾步，側眼看看謝月英，覺得她對了這落照中的城市煙景也似乎在發痴想。等她朝轉頭來，視線和我接觸的時候，兩人不知不覺的笑了一笑，腳步也自然而然地走了攏來。到了相去不及一二尺的光景，同時她也伸出了一隻手來，我也伸出了一隻手去。

在塔上不知逗留了多少時候，只見太陽愈降愈低了，俯看下去，近旁的村落裡，也已經起了炊煙。我把她胛下夾在那裡的一小包緞子拿了過來，挽住她的手，慢慢的走下塔來的時候，塔院裡早已陰影很多，是倉皇日暮的樣子了。

在迎江寺門前，雇了兩乘人力車，走回城裡來的當中，我一路上想了許多想頭：「已經是很明白的了，我對她的熱情，當然是隱瞞不過去的事實。她對我也絕不似尋常一樣的遊戲般的播弄。好，好，成功，成功。啊啊！」這一種成功的歡喜，我真想大聲叫喚出來。

車子進城之後，兩旁路上在暮色裡來往的行人，大約看了我臉上的笑容，也有點覺得奇怪，有幾個竟立住了腳，在呆看著我和走在我前面的謝月英。我這時候羞恥也不怕，恐懼也沒有，滿懷的祕密，只想叫車伕停住了車，跳下來和他們握手，向他們報告，報告我這一回在塔上和謝月英兩個人消磨過去的滿足的半天，我覺得謝月英，已經是我的掌中之物了。我想對那一位小白臉的陳君，表示

四　痕跡

我在無意之中得到了他所想得而得不到的愛的左券。我更想在戲臺前頭，對那些拚命叫好的浮華青年，誇示謝月英的已屬於我，請他們不必費心。想到了這種種滿足的想頭，我竟忘記了身在車上，忘記了日暮的城市，忘記了我自己的同遊塵似的未定的生活。等車到旅館門口的時候，我才同從夢裡醒過來的人似的回到了現實的世界，而謝月英又很急的從門口走了進去，對我招呼也沒有招呼，就在我的面前消失了。手裡捏了一包她今天下午買來的皮襖材料，我卻如痴了似的又不得不立住了腳。想跟著送進去，只恐怕招李蘭香她們的疑忌，想不送進去，又怕她要說我不聰明，不會侍候女人。在亂雜的旅館廳上遲疑了一會，向進裡進去的門口走進走出的走了幾趟，我終究沒有勇氣，仍復把那一包緞子抱著，回到了我自己的房裡。

電光已經亮了，夥計搬了飯菜進來。我要了一壺酒，在燈前獨酌，一邊也在做空想，「今天晚上她在臺上，看她有沒有什麼表示。戲散之後，我應該再到她的戲房裡去一次。……啊啊，她那一隻柔軟的手！」坐坐想想，我這一頓晚飯，竟吃了一個多鐘頭。因為到戲園子去還早，並且無論什麼時候去，座位總不會沒有的，所以我吃完晚飯之後，就一個人踱出了旅館，打算走上北面城牆附近的一處空地裡去，這空地邊上有一個小池，池上也有一所古廟，廟的前後，卻有許多楊柳冬青的老樹生著，斗大的這A城裡，總算這一個地方比較得幽僻點，所以附近的青年男女學生，老是上這近邊來散步的。我因為今天日裡的際遇實在好不過，一個人坐在房裡，覺得有點可惜，所以想到這一個清靜的地方去細細裡的享樂我日裡的回想。走出了門，向東走了一段，在折向北去的小弄裡，卻遇見了許多來往的閒人。這一條弄，本來是不大有人行走的僻弄，今天居然有這許多人來往，我心裡正在奇怪，想，莫非有什麼事情發生了麼？一走出弄，果然不錯，前面弄外的空地裡，竟有許多燈火，和小孩老婦，擠著在尋歡作樂。沿池的岸上，五步一堆，十步一集，鋪著些小攤，布篷和雜耍的圍兒，在高聲的邀客。池岸的廟裡，點得燈火輝煌，彷彿是什麼菩薩的生日的樣子。

走近了廟裡去一看，才曉得今天是舊曆的十一月初一，是這所古廟裡的每年

四　痕跡

的謝神之日。本來是不十分高大的這古廟廊下，滿掛著了些紅紗燈彩，廟前的空地上，也堆著了一大堆紙帛線香的灰火，有許多老婦，還拱了手，跪在地下，朝這一堆香火在喃喃唸著經咒。

我擠進了廟門，在人叢中爭取了一席地，也跑下去向上面佛帳裡的一個有鬚鬚的菩薩拜了幾拜，又立起來向佛櫃上的籤筒裡抽了一支籤出來。香的煙和燈的焰，熏得我眼淚流個不住，勉強立起，拿了一支籤，摸向東廊下櫃上去對籤文的時候，我心裡忽而起了一種不吉的預感，因為被人一推，那支籤竟從我的手裡掉落了。拾起籤來，到櫃上去付了幾枚銅貨，把那籤文拿來一讀，果然是一張不大使人滿意的下下籤：

宋勒李使君靈籤第八十四千下下

銀燭一曲太妖嬌腸斷人間紫玉蕭

漫向金陵尋故事啼鴉衰柳自無聊

我雖解不通這籤詩的辭句，但看了末結一句「啼鴉衰柳自無聊」，總覺得心裡不大舒服。雖然是神鬼之事，大都含糊兩可，但是既然去求問了它，總未免有一點前因後果。況且我這一回去的求籤，是出乎一番至誠之心，因為今天的那一場奇遇，太使我滿意了，所以我只希望得一張上上大吉的簽，在我的興致上再加一點錦上之花，到此刻我才覺得自尋沒趣了。

懷了一個不滿的心，慢慢的從人叢中穿過了那池塘，走到戲園子去的路上，我疑神疑鬼的又追想了許多次在塔上的她的舉動。——她對我雖然沒有什麼肯定的表示，但是對我並沒有惡意，卻是的的確確的。我對她的愛，她是可以承受的一點，也是很明顯的事實。但是到家之後，她並不對我打一個招呼，就跑了進去，這又是什麼意思呢？——想來想去想了半天，結果我還是斷定這是她的好意，因為在午後出來的時候，她曾經看見了我的狼狽的態度的緣故。

想到了這裡，我的心裡就又喜歡起來了，籤詩之類，只付之一笑，已經不在我的意中。放開了腳步，我便很急速地走到戲園子裡去。

四　痕跡

在臺前頭坐下，當謝月英沒有上臺的兩三個鐘頭裡面，我什麼也沒有聽到，什麼也沒有看見，只在追求今天日裡的她的幻影。

她今天穿的是一件銀紅的外國呢的長袍，腰部做得很緊，所以樣子特別的好看。頭上戴著一頂黑絨的鴨舌女帽，是北方的女伶最喜歡戴的那一種帽子。長圓的臉上，光著一雙迷人的大眼，雙重眼瞼上掛著的有點斜吊起的眉毛，大約是因為常扮戲的原因吧？嘴唇很彎很曲，顏色也很紅。脖子似乎太短一點，可是不礙，因為她的頭本來就不大，所以並沒有破壞她全身的勻稱的地方。啊啊，她那一雙手，那一雙輕軟肥白，而又是很小的手！手背上的五個指脊骨上的小孔。

我一想到這裡，日間在塔上和她握手時的那一種顫慓，又重新逼上我的身來。搖了一搖頭，舉起眼來向臺上一看，好了好了，是末後倒過來的第二出戲了，這時候臺上在演的，正是陳蓮奎的《探陰山》，底下就是謝月英的《狀元譜》。我把那些妄念辟了一辟清，把頭上的長髮用手理了一理，正襟危坐。重把注意的全部，設法想傾注到戲臺上去，但無論如何，謝月英的那雙同冷泉井似的眼睛，總似在笑著招我，別的物事，總不能印到我的眼簾上來。

最後是她的戲了，她的陳員外上臺了，臺前頭起了一陣叫聲。她的眼睛向臺下一掃，掃到了我的頭上，果然停了幾秒鐘。眼睛又掃向東邊去了，東邊就又起了一陣狂噪聲。我臉漲紅了，急等她再把眼睛掃回過來，可是等了幾分鐘，終究不來，我急起來了，聽了那東邊的幾個浮薄青年的叫聲，心裡只是不舒服，彷彿是一鍋沸水在肚裡煎滾。那幾個浮薄青年盡是叫著不已，她也眼睛只在朝他們看，這時候我心裡真想把一隻茶碗，丟擲過去。可是生來就很懦弱的我，終於不敢放開喉嚨來叫喚一聲，只是張著怒目，在注視臺上，她終於把眼睛回過來了，我一霎時就把怒容收起，換了一副笑容。像這樣的悲哀喜樂，起伏交換了許多次數，我覺得心的緊張，怎麼也持續不了了，所以不等她的那齣戲演完，就站起來走出了戲園。

門外頭依舊是寒冷的黑夜，微微的涼風吹上我的臉來，我才感覺到因興奮過度而漲得緋紅的兩頰。在清冷的巷口，立了幾分鐘，我終於捨不得這樣的和她別去，所以就走向了北，摸到通後臺的那條狹巷裡去。

在那條漆黑漆黑的狹巷裡，果然遇見了幾個下臺出來的女伶，可是辨不清是誰，就匆匆的擦過了。到了後臺房的門口，兩扇板門只是虛掩在那裡。門中間的一條狹縫，露出了一道燈光來，那些女孩子們在臺房裡雜談叫噪的聲音，也聽得很清。我幾次想伸手出去，推開門來，可是終於在門上摸了一番，仍舊將雙手縮了回來。又過了幾分鐘，有人自裡邊把門開了。我駭了一跳，就很快的躲開，走向西去。這時候我心裡的一種憤激羞懼之情，比那天自戲園出來，在黑夜的空城裡走到天亮的晚上，還要壓制不住。不得已只好在漆黑不平的路上，摸來摸去，另尋了一條狹路，繞道走上了通北門的大道。繞來繞去，不知白走了多少路，好容易尋著了那大街，正拐了彎想走到旅館中去的時候，後面一陣腳步聲，接著就來了幾乘人力車。我把身子躲開，讓車過去，回轉頭來一看，在灰黃不明白的街燈光裡，又看見了她——謝月英的一個側面來。

本來我是打算今晚上於戲散之後把白天的那包緞子送去，順便也去看看姥姥李蘭香她們的病的，可是在這一種興奮狀態之下，這事情卻不可能了，因為興奮之極，在態度上言語上，不免要露出不穩的痕跡來的。所以我雖則心裡只在難過，只在妄想，再去見她一面，而一雙已經走倦了的腳，只在冷清的長街上慢步，慢慢的走回旅館裡去。

四　痕跡

五　風寒

大約是幾天來的睡眠不足，和昨晚上興奮之後的半夜深夜遊行的結果，早晨醒轉來的時候，覺得頭有點昏痛，天井裡的淡黃的日光，已經射上格子窗上來了。鼻子往裡一吸，只有半個鼻孔，還可以通氣，其他的部分，都已寒得緊緊，和一隻鐵鏽住的唧筒沒有分別。朝裡床翻了一個身，背脊和膝蓋骨上下都覺得痠痛得很，到此我曉得是已經中了風寒了。

午前的這小旅館裡的空氣，靜寂得非常，除有幾處腳步聲和一句兩句繼續的話聲以外，什麼響動也沒有。我想勉強起來穿著衣服，但又翻了一個身，覺得身上遍身都在脹痛，橫豎起來也沒有事情，所以就又昏昏沉沉的睡著了。非常不安穩的睡眠，大約隔一二分鐘就要驚醒一次，在半睡半醒的中間，看見的盡是些前後不接的離奇的幻夢。我看見已故的父親，在我的前頭跑，也看見廟裡的許多塑像，在放開腳步走路，又看見和月英兩個人在水邊上走路，月英忽而跌人了水裡。直到旅館的茶房，進房搬中飯臉水來的時候，我總算完全從睡眠裡脫了出來。

頭腦的昏痛，比前更加厲害了，鼻孔裡雖則呼吸不自在，然而呼出來的氣，只覺得燒熱難受。

茶房叫醒了我，撩開帳子來對我一望，就很驚恐似的叫我說：「王先生！你的臉怎麼會紅得這樣？」

我對他說，好像是發燒了，飯也不想吃，叫他就把手巾打一把給我。他介紹了許多醫生和藥方給我，我告訴他現在還想不吃藥，等晚上再說，我的和他說話的聲氣也變了，彷彿是一面敲破的銅鑼，在發啞聲，自家聽起來，也有點覺得奇異。

他走出去後，我把帳門鉤起，躺在枕上看了一看斜射在格子窗上的陽光，聽了幾聲天井角上一棵老樹上的小鳥的鳴聲，頭腦倒覺得清醒了一點。可是想起了昨天的事情，又有點糊塗懵懂，和謝月英的一道出去，上塔看江，和戲院內的種種情景。上面都像有一層薄紗蒙著似的，似乎是幾年前的事情。咳嗽了一陣，想伸出頭去吐痰，把眼睛一轉，我卻看見了昨天月英買的那一包材料，還擱在我的枕頭邊上。

比較得清楚地，再把昨天的事情想了一遍，我又不知幾時昏昏的睡著了。

在半醒半睡的中間，我聽見有人在外邊叫門。起來開門出去，卻看見謝月英含了微笑，說要出去。我硬是不要她出去，她似乎已經是屬於我的人了。她就變了臉色，把嘴唇突了起來，我不問皂白，就一個嘴巴打了過去。她被我打後，轉身就往外跑，我也拚命的在後邊追。外邊的天氣，只是暗暗的，彷彿是十三四的晚上，月亮被雲遮住的暗夜的樣子。外面也清靜得很，只有她和我兩個在靜默的長街上跑。轉彎抹角，不知跑了多少時候，前面忽而來了一個人不是人，猿不像猿的野獸。這野獸的頭包在一塊黑布裡，身上什麼也不穿，可是長得一身的毛。

五　風寒

它讓月英跳過去後，一邊就撲上我的身來。我死勁的掙扎了一回，大聲的叫了幾聲，張開眼睛來一看，月英還是靜悄悄的坐在我的床面前。

「啊！你還好麼？」

我擦了一擦眼睛，很急促地問了她一聲。身上臉上，似乎出了許多冷汗，感覺得異常的不舒服。她慢慢的朝了轉來，微笑著問我說：「王先生，你剛才做了夢了吧！我聽你在嗚嗚的叫著呢！」

我又舉起眼睛來看了看房內的光線，和她坐著的那張靠桌擺著的方椅，才把剛才的夢境想了過來，心裡著實覺得難以為情。完全清醒了以後，我就半羞半喜的問她什麼時候進這房裡來的？她們的病好些了麼？接著就告訴她，我也感冒了風寒，今天不願意起來了。

「妳的那塊緞子。」我又繼續著說，「妳這塊緞子，我昨天本想送過來的，可是怕被她們看見了要說話，所以終於不敢進來。」

「嗳嗳，王先生，真對不起，昨兒累你跑了那麼些個路，今天果然跑出病來了。我剛才問茶房來著，問他你的住房在哪一個地方，他就說你病了。覺得很難受麼？」

「謝謝，這一會兒覺得好得多了，大約也是傷風吧。剛才才出了一身汗，發燒似乎不發了。」

「大約是這一會兒的流行病吧，姥姥她們也就快好了，王先生，你要不要那一種白藥片兒吃？」

「是阿斯匹林不是？」

「好像是的，反正是吃了要發汗的藥。」

「那恐怕是的，妳們若有，就請給我一點，回頭我好叫茶房照樣的去買。」

「好，讓我去拿了來。」

「喂，喂，妳把這一包緞子順便拿了去吧！」

她出去之後，我把枕頭上罩著的一塊乾毛巾拿了起來，向頭上身上盜汗未乾的地方擦了一擦，神志清醒得多了。可是頭腦總覺得空得很，嘴裡也覺得很淡很淡。

月英拿了阿斯匹林片來之後，又坐落了，和我談了不少的天。到此我才曉得她是李蘭香的表妹，是皖北的原籍，像生長在天津的。陳蓮奎本來是在天津搭班的時候的同伴，這一回因為在漢口和恩小楓她們合不來夥，所以應了這兒的約，三個人一道拆出來上A地來的。包銀每人每月貳百塊。那姥姥是她們——李蘭香和她——的已故的師傅的女人，她們自己的母親——老姊妹兩人，還住在天津。另外還有一個管雜務等的總管，是住在安樂園內的，是陳蓮奎的養父，她們三人的到此地來，亦是由他一個人介紹交涉的，包銀之內他要拿去二成。她們的合約，本來是三個月的期限，現在園主因為賣座賣得很多，說不定又要延長下去。但她很不願意在這小地方久住，也許到了年底，就要和李蘭香上北京去的，因為北京民樂茶園也在寫信來催她們去合班。

在苦病無聊的中間，聽她談了些這樣的天，實在比服藥還要有效，到了短日向晚的時候，我的病已經有一大半忘記了。聽見隔牆外的大掛鐘堂堂的敲了五點，她也著了急，一邊立起來走，一邊還咕嚕著說：「這天真黑得快，你瞧，房裡頭不已經有點黑了麼？啊啊，今天的廢話可真說得太久了，王先生，你總不至於討嫌吧？明兒見！」

我要起來送她出門，她卻一定不許我起來，說：「您躺著吧，睡兩天病就可以好的，我有空再來瞧您。」

她出去之後，房裡頭只剩了一種寂寞的餘溫和將晚的黑影，我雖則躺在床上，心裡卻也感到了些寒冬日暮的悲哀。想勉強起來穿衣出去，但門外頭的冷空氣實在有點可怕，不得已就只好合上眼睛，追想了些她今天說話時的神情風度，來伴我的孤獨。

她今天穿的，是一件醬色的棉襖，底下穿的，仍復是那條黑的大腳棉褲。頭部半朝著床前，半側著在看我壁上用圖釘釘在那裡的許多外國畫片。我平時雖在戲臺上看她的面形看得很熟，但在這樣近的身邊，這樣仔細長久的得看她卸裝後的素面，這卻是第一回。那天晚上在她們房裡，因為怕羞的原故，不敢看她，昨天在塔上，又因為大自然的煙景迷人，也沒有看她仔細，今天的半天觀察，可把她面部的特徵都讀得爛熟了。

她的有點斜掛上去的一雙眼睛，若生在平常的婦人的臉上，不免要使人感到一種淫豔惡毒的印象，但在她，因為鼻梁很高，在鼻梁影下的兩隻眼底又圓又黑的緣故，看去覺得並不奇特。尤其是可以融和這一種感覺的，是她鼻頭下的那條短短的唇中，和薄而且彎的兩條嘴唇，說話的時候，時時會露出她的那副又細又白的牙齒來，張口笑的時候，左面犬齒裡的一個半藏半露的金牙，也不使人討嫌。我平時最恨的是女人嘴裡的金牙，以為這是下劣的女性的無趣味的表現，而她的那顆深藏不露的金黃小齒，反足以增加她嬉笑時的嫵媚。從下嘴唇起，到喉頭的幾條曲線，看起來更耐人尋味，下嘴唇下是一個很柔很曲的新月形，喉頭是一柄圓曲的鐮刀背，兩條同樣的曲線，配置得很適當的重疊在那裡。而說話的時候，這鐮刀新月線上，又會起水樣的微波。

她的說話的聲氣，絕不似一個會唱皮簧的歌人，因為聲音很紓緩，很幽閒，一句話和一句話的中間，總有一臉微笑，和一眼斜視的間隔。你聽了她平時的說話，再想起她在臺上唱快板時的急律，誰也會驚異起來，覺得這二重人格，相差太遠了。

經過了這半天的昵就，又仔細觀察了她這一番聲音笑貌的特徵，我胸前伏著的一種藝術家的衝動，忽而激發了起來。我一邊合上雙眼，在追想她的全體的姿勢所給與我的印象，一邊心裡在決心，想於下次見她面的時候，要求她為我來坐幾次，我好為她畫一個肖像。

電燈亮起來了，遠遠傳過來的旅館前廳的雜聲，大約是開晚飯的徵候。我今天一天沒有取過飲食，這時候倒也有點覺得飢餓了，靠起身坐在被裡，放了我叫不響的喉嚨叫了幾聲，打算叫茶房進來，為我預備一點稀飯，這時候隔牆的那架掛鐘，已經敲六點了。

五　風寒

六 病容

本來以為是傷風小病，所以藥也不服，萬想不到到了第二天的晚上，體熱又忽然會增高來的。心神的不快，和頭腦的昏痛，比較第一日只覺得加重起來，我自家心裡也有點懼怕。

這一天是星期六，安樂園照例是有日戲的，所以到吃晚飯的時候止，謝月英也沒有來看我一趟。我心裡雖則在十二分的希望她來坐在我的床邊陪我，然而一邊也在原諒她，替她辯解，昏昏沉沉的不曉睡到了什麼時候了，我從睡夢中聽見房門開響。

挺起了上半身，把帳門撩起來往外一看，黃冷的電燈影裡，我忽然看見了謝月英的那張長圓的笑臉，和那小白臉的陳君的臉相去不遠。她和他都很謹慎的怕

六　病容

驚醒我的睡夢似的在走向我的床邊來。

「喔，戲散了麼？」我笑著問他們。

「好久不見了，今晚上上這裡來，聽月英說了，我才曉得了你的病。」

「你這一向上什麼地方去了？」

「上漢口去了一趟。你今天覺得好些麼？」

我和陳君在問答的中間，謝月英盡躲在陳君的背後在凝視我的被體熱蒸燒得水汪汪的兩隻眼睛。我一邊在問陳君的話，一邊也在注意她的態度神情。等我將上半身伏出來，指點桌前的凳子請他們坐的時候，她忽而忙著對我說：「王先生，您睡吧，天不早了，我們明天日裡再來看您。您別再受上涼，回頭倒反不好。」

說著她就翻轉身輕輕的走了，陳君也說了幾句套話，跟她走了出去。這時候我的頭腦雖已熱得昏亂不清，可是聽了她的那句「我們明天日裡再來看你」的「我們」，和看了陳君跟她一道走出房門去的樣子，心裡又莫名其妙的起了一種怨憤，結果弄得我後半夜一睡也沒有睡著。

大約是心病和外邪交攻的原因，我竟接連著失了好幾夜的眠，體熱也老是不退。到了病後第五日的午前，公署裡有人派來看我的病了。他本來是一個在會計處辦事的人，也是父執的一位遠戚。看了我的消瘦的病容，和毫沒有神氣的對話，他一定要我去進病院。

這A城雖則也是一個省城，但病院卻只有由幾個外國宣教師所立的一所。這所病院地處在A城的東北角一個小高崗上，幾間清淡的洋房，和一叢齊雲的古樹，把這一區的風景，烘托得簡潔幽深，使人經過其地，就能夠感出一種宗教氣味來。那一位會計科員，來回往復費了半日的工夫，把我的身體就很安穩的放置在聖保羅病院的一間特等房的床上了。

病房是在二層樓的西南角上，朝西朝南，各有兩扇玻璃窗門，開門出去，是兩條直角相遇的迴廊。迴廊檻外，西面是一個小花園，南面是一塊草地，沿邊種著些外國梧桐，這時候樹葉已經凋落，草色也有點枯黃了。

進病院之後的三四天內，因為熱度不退，終日躺在床上，倒也沒有感到病院

六　病容

生活的無聊，到了進院後將近一個禮拜的一天午後，謝月英買了許多水果來看了我一次之後，我身體也一天一天的恢復原狀起來，病院裡的生活也一天一天的覺得寂寞起來了。

那一天午後，剛由院長的漢醫生來診察過，他看看我的體溫表，聽聽我胸前背後的呼吸，用了不大能夠了解的中國話對我說：「我們，要恭賀你，恭賀你不久，就可以出去這裡了。」

我問他可不可以起來坐坐走走，他說，「很好很好」，我於他出去之後，就叫看護生過來扶我坐起，並且披了衣裳，走出到玻璃窗門口的一張躺椅上坐著，在看迴廊欄杆外面樹梢上的太陽。坐了不久，就聽見樓下有女人在說話，彷彿是在問什麼的樣子。我以病人的纖敏的神經，一聽見就直覺的知道這是來看我的病的，因為這時候天氣涼冷，住在這一所特等病房裡的病人沒有幾個，我所以就斷定這一定是來看我的。不等第二回的思索，我就叫看護生去打個招呼，陪她進來。等到來一看，果然是她，是謝月英。

她穿的仍復是那件外國呢的長袍，頸項上圍著一塊黑白的絲圍巾，黑絨的鴨舌帽底下，放著閃閃的兩眼，見了我的病後的衰容，似乎是很驚異的樣子。進房來之後，她手裡捧著了一大包水果，動也不動的對我呆看了幾分鐘。

「啊啊，真想不到你會上這裡來的！」

我裝著笑臉，舉起頭來對她說。

「王先生，怎麼，怎麼你會瘦得這一個樣兒？」

她說這一句話的時候，臉上的那臉常漾著的微笑也沒有了，兩隻眼睛，盡是直盯在我的臉上。像這一種嚴肅的感傷的表情，我就是在戲臺上當她演悲劇的時候，也還沒有看見過。

我朝她一看，為她的這一種態度所壓倒，自然而然的也收起了笑容，噤住了說話，對她看不上兩眼，眼裡就撲落落的滾下了兩顆眼淚來。

她也呆住了，說了那一句感嘆的話之後，彷彿是找不著第二句話的樣子。兩人沉默了一會，倒是我覺得難過起來了，就勉強的對她說：「月英，我真對妳不起。」

這時候看護生不在邊上，我說著就搖搖顫顫的立起來想走到床上去。她看了我的不穩的行動，就馬上把那包水果丟在桌上，跑過來扶我。我靠住了她的手，一邊慢慢的走著，一邊斷斷續續的對她說：「月英！妳知不知道，我這病，這病的原因，一半也是，也是為了妳呀！」

她扶我上了床，幫我睡進了被窩，一句話也不講的在我床邊上坐了半天。我也閉上了兩眼，朝天的睡著，一句話也不願意講，而閉著的兩眼角上，盡在流冰冷的眼淚。這樣的沉默了不知多少時候，我忽而臉上感到了一道熱氣，接著嘴唇上，身體上就來了一種重壓。我和麻醉了似的，從被裡伸出了兩隻手來，把她的頭部抱住了。

兩人緊緊的抱著吻著，我也不打開眼睛來看，她也不說一句話，動也不動的又過了幾分鐘，忽而門外面腳步聲響了。再拚命的吸了她一口，我就把兩手放開，她也馬上立起身來很自在的對我說：「您好好的保養吧，我明兒再來瞧您。」

等看護生走到我床面前送藥來的時候，她已經走出房門，走在迴廊上了。

自從這一回之後，我便覺得病院裡的時刻，分外的悠長，分外的單調。第二天等了她一天，然而她終於不來，直到吃完晚飯以後，看見寒冷的月光，照到清淡的迴廊上來了，我才悶悶的上床去睡覺。

這一種等待她來的心思，大約只有熱心的宗教狂者，盼望基督再臨的那一種熱望，可以略比得上，我自從她來過後的那幾日的情意，簡直沒有法子能夠形容出來。但是殘酷的這謝月英，我這樣熱望著的這謝月英，自從那一天去後，竟絕跡的不來了。一邊我的病體，自從她來了一次之後，竟恢復得很快，熱退後不上幾天，就能夠吃兩小碗的乾飯，並且可以走下樓來散步了。

醫生許我出院的那一天早晨，北風颳得很緊，我等不到十點鐘的會計課的出院許可單來，就把行李等件包好，坐在迴廊上守候。挨一刻如一年的過了四五十分鐘，托看護生上會計課去催了好幾次，等出院許可單來了，我就和出獄的罪囚一樣，三腳兩步的走出了聖保羅醫院的門。坐人力車到大新旅館門口的時候，我

六　病容

像同一個女人約定密會的情人趕赴會所去的樣子，胸腔裡心臟跳躍得厲害，開進了那所四十八號房，一股密閉得很久的房間裡的悶氣，迎面的撲上我的鼻來，茶房進來替我掃地收拾的中間，我心裡雖則很急，但口上卻吞吞吐吐的問他，「後面的謝月英她們起來了沒有？」他聽了我的問話，地也不掃了，把屈了的腰伸了一伸，仰起來對我說：「王先生，你大約還沒有曉得吧？這幾天因為謝月英和陳蓮奎吵嘴的原因，她們天天總要鬧到天明才睡覺，這時候大約她們睡得正熱火哩！」

我又問他，她們為什麼要吵嘴。他歪了一歪嘴，閉了一隻眼睛，做了一副滑稽的形容對我說：「為什麼呢？總之是為了這一點！」

說著，他又以左手的大指和二指捏了一個圈給我看。依他說來，似乎是為了那小白臉的陳君。陳君本來是捧謝月英的，但是現在不曉怎麼的風色一轉，卻捧起陳蓮奎來了。前幾天，陳君為陳蓮奎從漢口去定了一件繡袍來，這就是她們吵嘴的近因。聽他的口氣，似乎這幾天謝月英的顏色不好，老在對人說要回北京去，要回北京去。可是合約的期限還沒有滿，所以又走不脫身。聽了這一番話，我才明白了前幾天她上病院裡來的時候的臉色，並且又了解了她所以自那一天後，不再來看我的原因。

等他掃好了地，我簡單把房裡收拾了一下，心裡忐忑不定地朝桌子坐下來的時候，桌上靠壁擺著的一面鏡子，忽而毫不假借地照出了我的一副清瘦的相貌來。我自家看了，也駭了一跳，我的兩道眉毛，本來是很濃厚美麗的，而在這一次的青黃的臉上豎著，非但不能加上我以些須男性的美觀，並且在我的臉上影出了一層死沉沉的陰氣。眼睛裡的灼灼的閃光，在平時原可以表示一種英明的氣概的，可是在今天看起來，彷彿是特別的在形容顏面全部的沒有生氣了。鼻下嘴角上的鬍影，也長得很黑，我用手去摸了一摸，覺得雜雜粒粒的有聲音的樣子。失掉了第二回再看一眼的勇氣，我就立起身來把房門帶上，很急的出門僱車到理髮鋪裡去。

理完了髮，又上公署前的澡堂去洗了一個澡，看看太陽已經直了，我也便不

六　病容

回旅館，上附近的菜館去喝了一點酒，吃了一點點心。有意的把臉上醉得微紅。我不待酒醒，就急忙的趕回到旅館裡來。進旅館後，正想走進自己的房裡去再對鏡看一看的時候，那茶房卻迎了上來，又歪了歪嘴，含著有意的微笑對我說：「王先生，今天可修理得很美了。後面的謝月英也剛起來吃過了飯，我告訴她你已經回來，她也好像急急乎要見你似的。哼，快去快去，快把這新修的白面去給她看看！」

我被他那麼一說，心裡又喜又氣，在平時大約要罵他幾句，就跑回到房裡去躲藏著，不敢再出來的，可是今天因為那幾杯酒的力量，竟把我的這一種羞愧之心驅散，朝他笑了一臉，輕輕罵了一句「混蛋」，也就公然不客氣地踏進了裡進的門，去看謝月英去了。

七　視線

進了謝月英她們的房裡去一看，她們三人中間的空氣，果然險惡得很。那一回和陳君到她們房裡來的時候，我記得她們是有說有笑，非常融和快樂的，而今朝則月英還是默默的坐在那裡托姥姥梳辮，陳蓮奎背朝著床外斜躺在床上。李蘭香一個人呆坐在對窗的那張床沿上打呵欠，看見我進去了，倒是她第一個立起來叫我，陳蓮奎連身子也不朝過來。我看見了謝月英的梳辮的一側面，心裡已經是混亂了，嘴裡雖則在和李蘭香攀談些閒雜的天，眼睛卻盡在向謝月英的臉上偷看。

我看見她的側面上，也起了一層紅暈，她的努力側斜過來的視線，也對我笑了一臉。和李蘭香姥姥應答了幾句，等我坐定了一會，她的辮子也梳好了。回轉身來對我笑了一臉，她第一句話就說：「王先生，幾天不看見，你又長得那麼豐滿了，和那一天的相兒，要差十歲年紀。」

「嗳嗳，真對不起，勞妳的駕到病院裡來看我，今天是特地來道謝的。」

那姥姥也插嘴說：「王先生，你害了一場病，倒漂亮得多了。」

「真的麼？那麼讓我來請妳們吃晚飯吧，好作一個害病的紀念。」

我問她們幾點鐘到戲園裡去，謝月英說今晚上她因為嗓子不好想告假。

在那裡談這些閒話的中間，我心裡只在怨另外的三人，怨她們不識趣，要夾在我和謝月英的中間，否則我們兩人早好抱起來親一個嘴了。我以眼睛請求了她好幾次，要求她給我一個機會，好讓我們兩個人盡情的談談衷曲。她也明明知道我這意思，可是和頑強不聽話的小孩似的，她似乎故意在作弄我，要我著一著急。

問問她們的戲目，問問今天是禮拜幾，我想盡了種種方法，才在那裡勉強坐了二三十分鐘，和她們說了許多前後不接的雜話，最後我覺得再也沒有話好說了，就從座位裡立了起來，打算就告辭出去。大約謝月英也看得我可憐起來了，她就問我午後有沒有空，可不可以陪她出去買點東西。我的沉下去的心，立時跳躍了起來，就又把身子坐下，等她穿換衣服。

她的那件羊皮襖，已經做好了，就穿了上去。底下穿的，也是一條新做的玄色大綢的大腳棉褲。那件皮襖的大團花的緞子面子，是我前次和她一道去買來的，我覺得她今天的特別要穿這件新衣，也有點微妙的意思。

陪她在大街上買了些化妝品類，毫無情緒的走了一段，我就提議請她去吃飯，先上一家飯館去坐它一兩個鐘頭，然後再著人去請李蘭香她們來。我曉得公署前的一家大旅館內，有許多很舒服的房間，是可以請客坐談的，所以就和她走轉了彎，從三牌樓大街，折向西去。

上大旅館去擇定了一間比較寬敞的餐室，我請她上去，她只在忸怩著微笑，我倒被她笑得難為情起來了，問她是什麼意思。她起初只是很刁乖的在笑，後來看穿了我的真是似乎不怪她的意思，她等茶房走出去之後，才走上我身邊來拉著

七　視線

我的手對我說：「這不是旅館麼？男女倆，白天上旅館來幹什麼？」

我被她那麼一說，自家覺得也有點不好意思，可是因為她說話的時候，眼角上的那種笑紋太迷人了，就也忘記了一切，不知不覺的把兩手張開來將她的上半身抱住。一邊抱著，一邊我們兩個就自然而然的走向上面的炕上去躺了下來。

幾分鐘的中間，我的身子好像掉在一堆紅雲堆裡，把什麼知覺都麻醉盡了。被她緊緊的抱住躺著，我的眼淚盡是止不住的在湧流出來。她和慈母哄孩子似的一邊哄著，一邊不知在那裡幽幽的說些什麼話。

最後的一重關突破了，我就覺得自己的一生，今後是無論如何和她分離不開了，我的從前的莫名其妙在仰慕她的一種模糊的觀念，方才漸漸的顯明出來，具體化成事實的一件一件，在我的混亂的腦裡旋轉。

她訴說這一種藝人生活的苦處，她訴說A城一班浮華青年的不良，她訴說陳蓮奎父女的如何欺凌侮辱她一個人，她更訴說她自己的毫無寄託的半生。原來她的母親，也是和她一樣的一個行旅女優，誰是她的父親，她到現在還沒有知道。

她從小就跟了她的師傅在北京天津等處漂流。先在天橋的小班裡吃了五六年的苦，後來就又換上天津來登場。她師傅似乎也是她母親的情人中的一個，因為當他未死之前，姥姥是常和她母親吵嘴相打的。她師傅死後的這兩三年來，她在京津漢口等處和人家搭了幾次班，總算博了一點名譽，現在也居然能夠獨樹一幟了，她母親和姥姥等的生活，也完全只靠在她一個人的身上。可是她只是一個女孩子，這樣的被她們壓榨，也實在有點不甘心。況且陳蓮奎父女，這一回和她尋事，姥姥和李蘭香脅於陳老頭兒的惡勢，非但不出來替她說一句話，背後頭還要來埋怨她，說她的脾氣不好。她真不想再過這樣的生活了，想馬上離開A地到別處去。

我被她那麼的一說，也覺得氣憤不過，就問她可願意和我一道而去。她聽了我這一句話，就舉起了兩隻淚眼，朝我呆視了半天，轉憂為喜的問我說：「真的麼？」

「誰說謊來？我以後打算怎麼也和妳在一塊兒住。」

七　視線

「那你的那位親戚，不要反對你麼？」

「他反對我有什麼要緊。我自問一個人就是離開了這裡，也盡可以去找事情做的。」

「那你的家裡呢？」

「我家裡只有我的一個娘，她跟我姊姊住在姊夫家裡，用不著我去管的。」

「真的麼？真的麼？那我們今天就走吧！快一點離開這一個害人的地方。」

「今天走可不行，哪裡有那麼簡單，妳難道衣服鋪蓋都不想拿了走麼？」

「幾隻衣箱拿一拿有什麼？我早就預備好了。」

我勸她不要那麼著急，橫豎是預備著走，且等兩三天也不遲，因為我也要向那位父執去辦一個交涉。這樣的談談說說，窗外頭的太陽，已經斜了下去，市街上傳來的雜噪聲，也帶起向晚的景象來了。

那茶房彷彿是經慣了這一種事情似的，當領我們上來的時候，起了一壺茶，打了兩塊手巾之後，一直到此刻，還沒有上來過。我和她站了起來，把她的衣服辮髮整了一整，扭上了電燈，就大聲的叫茶房進來，替我們去叫菜請客。

她因為已經決定了和我出走，所以也並不勸止我的招她們來吃晚飯。可是寫請客單子寫到了陳蓮奎的名字的時候，她就變了臉色叱著說：「這一種人去請她幹嘛！」

我勸她不要這樣的氣量狹小，橫豎是要走了，大家這樣的歡聚一次，也好留個紀念。一邊我答應她於三天之內，一定離開A地。

這樣的兩人坐著在等她們來的中間，她又跑過來狂吻了我一陣，並且又切切實實地罵了一陣陳蓮奎她們的不知恩義。等不上三十分鐘，她們三人就一道的上扶梯來了。

陳蓮奎的樣子，還是淡淡漠漠的，對我說了一聲「謝謝」，就走往我們的對面椅子上去坐下了。姥姥和李蘭香，看了謝月英的那種喜歡的樣子，也在感情上傳染了過去，對我說了許多笑話。

七　視線

吃飯喝酒喝到六點多鐘，陳蓮奎催說要去要去，說了兩次，謝月英本說要想臨時告假的，但姥姥和我，一道的勸她勉強去應酬一次，若要告假，今晚上去說，等明天再告假不遲。結果是她們四人先回大新旅館，我告訴她們今晚上想到衙門去一趟辦點公事，所以就在公署前頭和她們分手了。

從黑陰陰的幾盞電燈底下，穿過了三道間隔得很長的門道，正將走到辦公室中去的時候，從裡面卻走出了那位前次送我進病院的會計科員來，他認明是我，先過來拉了我的手向我道賀，說我現在的氣色很好了。我也對他說了一番感謝的意思，並且問他省長還在見客麼？他說今天因為有一所學校，有事情發生了，省長被他們學生教員糾纏了半天，到現在還沒有脫身。我就問他可不可以代我遞一個手折給他，要他馬上批准一下。他問我有什麼事情，我就把在此地彷彿是水土不服，想回家去看一看母親。並且若有機會，更想到外洋去讀幾年書，所以先想在這裡告一個長假，臨去的時候更要預支幾個月薪水，要請他馬上批准發給我才行等事情說了一說。我說著他就引我進去見了科長，把前情轉告了一遍。科長聽了，也不說什麼，只叫我上電燈底下去將手折繕寫好來。

我在那裡端端正正的寫了一個多鐘頭，正將寫好的時候，窗外面一聲吆喝，說，省長來了。我正在喜歡這機會來得湊巧，手折可以自家親遞給他了，但等他進門來一見，覺得他臉上的怒氣，似乎還沒有除去。他對科長很急促的說了幾句話後，回頭正想出去的時候，眼睛卻看見了在旁邊端立著的我。問了我幾句關於病的閒話，他一邊回頭來又問科長說：「王諮議的薪水送去了沒有？」

說著他就走了。那最善逢迎的科長，聽了這一句話，就當做了已經批准的面諭一樣，當面就寫了一張支票給我。

我拿了支票，寫了一張收條，和手折一同留下，臨走時並且對他們謝了一陣，出來走上寒空下的街道的時候，心裡又莫名其妙的起了一種感慨。我覺得這是我在A城街門口走著的最後一次了，今後的飄泊，不知又要上什麼地方去寄身。然而一想到日裡的謝月英的那一種溫存的態度，和日後的能夠和她一道永住的歡情，心裡同時又高跳了起來。

七　視線

故意人力車也不坐，我慢慢的走著，一邊在回想日裡的事情，一邊就在打算如何的和謝月英出奔，如何的和她偷上船去，如何的去度避世的生活，一種喜歡作惡的小孩子的愛祕密的心理，使我感到了加倍的濃情，加倍的滿足，我覺得世界上的幸福，將要被我一個人來享盡的樣子。

八 寒雨

蕭條的寒雨，淒其滴答，落滿了城中。黃昏的燈火，一點一點的映在空街的水潴裡，彷彿是淚人兒神瞳裡的靈光。以左手張著了一柄洋傘，右手緊緊地抱住月英，我跟著前面挑行李的夫子，偷偷摸摸，走近了輪船停泊著的江邊。

這一天午後，忙得坐一坐，說一句話的工夫都沒有，乘她們三人不在的中間，先把月英的幾隻衣箱，搬上了公署前的大旅館內。問定了輪船著岸的時刻，我便算清了大新旅館的積帳，若無其事的走出上大旅館去。和月英約好了地點，叫她故意示以寬舒的態度，和她們一道吃完晚飯，等她們飯後出去，仍復上戲園去的時候，一個人悠悠自在的走出到大街上來等候。

我押了兩肩行李，從省署前的橫街裡走出，在大街角上和她合成了一塊。

八　寒雨

因為路上怕被人瞥見，所以洋傘擎得特別的低，腳步也走得特別的慢，到了江邊碼頭船上去站住，料理進艙的時候，我的額上卻急出了一排冷汗。

嗡嗡擾擾，碼頭上的人夫的怒潮平息了。船前信號房裡，丁零零下了一個開船的命令，水夫在呼號奔走，船索也起了旋轉的聲音，汽笛放了一聲沉悶的大吼。

我和她關上了艙門，向小圓窗裡，頭並著頭的朝岸上看了些雨中的燈火，等船身側過了A城市外的一條橫山，兩人方才放下了心，坐下來相對著做會心的微笑。

「好了！」

「可不是麼？真急死了我，吃晚飯的時候，姥姥還問我明天上不上臺哩！」

「啊啊，月英……」

我叫還沒有叫完，就把身子撲了過去，兩人抱著吻著摸索著，這一間小小的船艙，變了地上的樂園，塵寰的仙境，弄得連脫衣解帶，鋪床疊被的餘裕都沒有。船過大通港口的時候，我們的第一次的幽夢，還只做了一半。

說情說意，說誓說盟，又說到了「這時候她們回到了大新旅館，不曉得在那裡幹什麼？」「那小白臉的畜生，好抱了陳蓮奎在睡覺了吧？」「那姥姥的老糊塗，只配替陳蓮奎燒燒水的。」我們的興致愈說愈濃，不要說船窗外的寒雨，不能夠加添我們的旅愁，即便是明天天會不亮，地球會陸沉，也與我們無干無涉。我只曉得手裡抱著的是謝月英的養了十八年半的豐肥的肉體，嘴上吮吸著的，是能夠使凡有情的動物都會風魔麻醉的紅豔的甜唇，還有底下，還有底下……啊啊，就是現在叫我這樣的死了，我的二十六歲，也可以算不是白活。人家只知道是千金一刻，呸呸，就是兩千金，萬萬金，要想買這一刻的經驗，也哪裡能夠？

那一夜，我們似夢非夢，似睡非睡的鬧到天亮，方才抱著合了一闔眼。等輪船的機器聲停住，窗外船舷上人聲嘈雜起來的時候，聽說船已經到了蕪湖了。

上半天雲停雨停，風也毫末不起，我和她只坐在船艙裡從那小圓窗中在看江岸的黃沙枯樹，天邊的灰雲層下，時時有旅雁在那裡飛翔。這一幅蒼茫黯淡的野景，非但不能夠減少我們閒眺的歡情，我並且希望這輪船老是在這一條灰色的江上，老是像這樣的慢慢開行過去，不要停著，不要靠岸，也不要到任何的目的地點，我只想和她，和謝月英兩個，盡是這樣的漂流下去，一直到世界的盡頭，一直到我倆的從人世中消滅。

江行如夢，通過了許多曲岸的蘆灘，看見了一兩堆臨江的山寨，船過採石磯頭，已經是午後的時刻了。茶房來替我們收拾行李，月英大約是因為怕被他看出是女伶的前身，竟給了他五塊錢的小帳。

從叫囂雜亂的中間，我們在下關下了船。因為自從那一天決定出走到如今，我和她都還沒有工夫細想到今後的處置，所以諸事不提暫且就到瀛臺大旅社去開了一個臨江的房間住下。

這是我和她在岸上旅館內第一次的同房，又過了荒唐的一夜。第二天天放晴了，我們睡到吃中飯的時候，方才蓬頭垢面的走出床來。

她穿了那件粉紅的小棉襖，在對鏡洗面的時候，我一個人穿好了衣服鞋襪，仍復仰躺在波紋重疊的那條被上，茫茫然在回想這幾天來的事情的經過。一想到前晚在船艙裡，當小息的中間，月英對我說的那句「這時候她們回到了大新旅館不曉得在那裡幹什麼?」的時候，我的腦子忽然清了一清，同喝醉酒的人，忽然吃到了一杯冰淇淋一樣，一種前後聯絡，理路很清的想頭，就如箭也似的射上我的心來了。我急遽從床上立了起來，突然的叫了一聲：「月英！」

「喔唷，我的媽呀，你幹嘛?駭死我啦！」

「月英，危險危險！」

她回轉頭來看我盡是對她張大了兩眼在叫危險危險，也急了起來，就收了臉上的那臉常在漾著的媚笑催著我說：「什——麼呀?你快說啊！」

我因為前後連接著的事情很多，一句話說不清楚，所以愈被她催，愈覺得說不出來，又叫了一聲「危險危險」。她看了我這一副空著急而說不出話來的神氣，忽而哺的一聲笑了出來。一隻手裡還拿著那塊不曾絞乾的手巾，她忽而笑著跳著，走近了我的身邊，抱了我的頭吻了半天，一邊吻一邊問我，究竟是為了

八　寒雨

什麼？

「喂，月英，你說她們會不會知道妳是跟了我跑的？」

「知道了便怎麼啦？」

「知道了她們豈不是要來追麼？」

「追就由她們來追，我自己不願意回去，她們有什麼法子？」

「那就多麼麻煩哩！」

「有什麼麻煩不麻煩，我反正不願意跟她們回去！」

「萬一她們去告警察呢？」

「那有什麼要緊！她們能夠管我麼？」

「妳老說這些小孩子的話，我可就沒有那麼簡單，她們要說我拐了妳走了。」

「那我就可以替你說，說是我跟你走的。」

「總之，事情是沒有那麼簡單，月英，我們還得想一個法子才行。」

「好，有什麼法子你想吧！」

說著她又走回到鏡臺前頭去梳洗去了。我又躺了下去，呆呆想了半天，等她在鏡子前頭自己把半條辮子梳好的時候，我才坐起來對她說：「月英，她們發現了你我的逃走，大約總想得到是坐下水船上這裡來的，因為上水船要到天亮邊才過A地，並且我們走的那一天，上水船也沒有。」

她頭也不朝轉來，一邊梳著辮，一邊答應了我一聲「嗯」。

「那麼她們若要趕來呢，總在這兩天裡了。」

「嗯。」

「我們若住在這裡，豈不是很危險麼？」

「嗯，你底下名牌上寫的是什麼名字？」

「自然是我的真名字。」

「那叫他們去改了就對了啦！」

「不行不行！」

「什麼不行哩？」

「在這旅館裡住著，一定會被她們瞧見的，並且問也問得出來。」

「那我們就上天津去吧！」

「更加不行。」

「為什麼更加不行哩？」

「妳的娘不在天津麼？她們在這裡找我們不著，不也就要追上天津去的麼？經她們四五個人一找，我們哪裡還躲得過去？」

「那你說怎麼辦哩？」

「依我呀，月英，我們還不如搬進城去吧。在這兒店裡，只說是過江去趕火車去的，把行李搬到了江邊，我們再雇一輛馬車進城去，你說怎麼樣？」

「好吧！」

這樣的決定了計畫，我們就開始預備行李了。兩個吃了一鍋黃魚麵後，從旅館裡出來把行李挑上江邊的時候，太陽已經斜照在江面的許多桅船汽船的上面。午後的下關，正是行人擁擠，滿呈著活氣的當兒。前夜來的雲層，被陽光風勢吞沒了去，清淡的天空，深深的覆在長江兩岸的遠山頭上。隔岸的一排洋房煙樹，看過去像西洋畫裡的背景，只剩了狹長的一線，沉浸在蒼紫的晴空氣裡。我和月英坐進了一輛馬車，打儀鳳門經過，一直的跑進城去，看看道旁的空地疏林，聽聽車前那隻瘦馬的得得得得有韻律的蹄聲，又把一切的憂愁拋付了東流江水，眼前只覺得是快樂，只覺得是光明，彷彿是走上了上天的大道了。

八　寒雨

九　落盡

進城之後，最初去住的，是中正街的一家比較得乾淨的旅館。因為想避去和人的見面，所以我們揀了一間那家旅館的最裡一進的很謹慎的房間，名牌上也寫了一個假名。

把衣箱被鋪布置安頓之後，幾日來的疲倦，一時發足了，那一晚，我們晚飯也不吃，太陽還沒有落盡的時候，月英就和我上床去睡了。

快晴的天氣，又連續了下去，大約是東海暖流混入了長江的影響吧，當這寒冬的十一月裡，溫度還是和三月天一樣，真是好個江南的小春天氣。進城住下之後我們就天天遊逛，夜夜歡娛，竟把人世的一切經營俗慮，完全都忘掉了。

有一次我和她上雞鳴寺去，從後殿的樓窗裡，朝北看了半天斜陽衰草的玄武

九　落盡

湖光。從古同泰寺的門楣下出來，我又和她在寺前寺後臺城一帶走了許多山路。正從寺的西面走向城堞上去的中間，我忽而在路旁發見了一口枯草叢生的古井。

「啊！這或者是胭脂井吧！」

我叫著就拉了她的手走近了井欄圈去。她問我什麼叫胭脂井，我就同和小孩子說故事似的把陳後主的事情說給她聽：「從前哪，在這兒是一個高明的皇帝住的，他相兒也很漂亮，年紀也很輕，作詩也做得很好。侍候他的當然有許多妃子，可是這中間，他所最愛的有三四個人。他在這兒就造了許多很美很美的宮殿給她們住。萬壽山妳去過了吧？譬如同頤和園一樣的那麼的房子，造在這兒，妳說好不好？」

「那自然好的。」

「噯，在這樣美，這樣好的房子裡頭啊，住的盡是些像妳——」

說到了這裡，我就把她抱住，咬上她的嘴去。她和我吮吸了一會，就催著說：「住的誰呀？」

「住的啊，住的盡是些像妳這樣的小姑娘——」

我又向她臉上摸了一把。

「她們也會唱戲的麼？」

這一問可問得我喜歡起來了，我抱住了她，一邊吻一邊說：「可不是麼？她們不但唱戲，還彈琴舞劍，作詩寫字來著。」

「那皇帝可真有福氣！」

「可不是麼？他一早起來呀，就這麼著一邊抱一個，喝酒、唱戲、作詩，盡是玩兒。到了夜裡哩，大家就上火爐邊上去，把衣服全脫啦，又是喝酒，唱戲的玩兒，一直的玩到天明。」

「他們難道不睡覺的麼？」

「誰說不睡來著，他們在玩兒的時候，就是在那裡睡覺的呀！」

「大家都在一塊兒的？」

九　落盡

「可不是麼？」

「她們倒不怕羞？」

「誰敢去羞她們？這是皇帝做的事情，你敢說一句麼？說一句就砍你的腦袋！」

「啊唷喝！」

「妳怕麼？」

「我倒不怕，可是那個皇帝怎麼會那樣能乾兒？簡天的和那麼些個姑娘們睡覺，他倒不累麼？」

「他自然是不累的，在他底下的小百姓可累死了。所以到了後來呀——」

「後來便怎麼啦？」

「後來麼，自然大家都起來反對他了啦，有一個韓擒虎帶了兵就殺到了這裡來。」

「可是南陽關的那個韓擒虎？」

「我也不知道，可是那韓擒虎殺到了這裡，他老先生還在和那些姑娘們喝酒唱戲哩！」

「啊唷！」

「韓擒虎來了之後，妳猜那些妃子們就怎麼辦啦？」

「自然是跟韓擒虎了啦！」

我聽了她這一句話，心口頭就好像被鋼針炙了一針。噤住了不說下去，我卻張大了眼對她呆看了許多時候。她又哄笑了起來，催問我「後來怎麼啦？」我實在沒有勇氣說下去了，就問她說：「月英！妳怎麼會腐敗到這一個地步？」

「什麼腐敗呀？那些妃子們幹的事情，和我有什麼相干？」

「那些妃子們，卻比妳高得多，她們都跟了皇帝跳到這一口井裡去死了。」

她聽了我的很堅決的這一句話，卻也駭了一跳，「啊——呀」的叫了一聲，撇開了我的圍抱住她的手，竟踉踉蹌蹌的倒退了幾步，離開了那個井欄圈，向後跑了。

我追了上去，又圍抱住了她，看了她那驚恐的相貌，便也不知不覺的笑了起來，輕輕的慰撫著她的肩頭對她說：「妳這孩子！在這樣的青天白日的底下，你還怕鬼麼？並且那個井還不知道是不是胭脂井哩！」

像這樣的野外遊行，自從我們搬進城去以後，差不多每天沒有息過。南京的許多名山勝地如燕子磯、明孝陵、掃葉樓、莫愁湖等處，簡直處處都走到了，所以覺得時間過去得很快，在城裡住了一個多禮拜，只覺得是過了二天三天的樣子。

到了十一月也將完了的幾天前，忽然吹來了幾陣北風，陰森的天氣，連續了兩天，舊曆的十二月初一，落了一天冷雨，到半夜裡，就變了雪珠雪片了。

我們因為想去的地方都已經去過了，所以就在房裡生了一盆炭火，打算以後就閉門不出，像這樣的度過這個寒冬。頭幾天，為了北風涼冷，並且房裡頭炭火新燒，兩個人圍爐坐坐談談，或在被窩裡歇歇午覺，覺得這室內的生活，也非常的有趣。可是到了五六天之後，天氣老是不晴，門外頭老是走不出去，月英自朝到晚，一點兒事情也沒有，只是縮著手坐著，打著呵欠，在那裡呆想，我看過去，她彷彿是在感著無聊的樣子。

我所最怕看的，是她於午飯之後，呆坐在圍爐邊上，那一種拖長的冷淡的臉色，叫她一聲，她當然還是裝著微笑，抬起頭來看我，可是她和我上船前後的那一種熱情的緊張的表情，一天一天的稀薄下去了。

尤其是上床和我睡覺的時候，從前的那種燃燒，那種興奮，那種熱力，變成了一種做作的，空虛的低調和播動，我在船上看見的她那雙黑寶石似的放光的眼睛，和她的同起了劇甚的痙攣似的肢體，不知消散到哪裡去了。

我當陰沉的午後，在圍爐邊上，看她呆坐在那裡，心裡就會焦急起來，有一次我因為隱忍不過去了，所以就叫她說：「月英呀，妳覺得無聊得很吧？我們出去玩兒去吧？」

九　落盡

她對我笑著，回答我說：「天那麼冷，出去幹嘛？倒還不如在房裡坐著烤火的好。這樣下雨的天，上什麼地方去呢？」

我悶悶的坐著，一個人就想來想去的想，想想出一個法子來使她高興。晚上又只好老早的上床，和她胡鬧了一晚，一邊我又在想各種可以使她滿足的方法。

第二天早晨她還睡在那裡的時候，我一個人爬出了床，冒了寒風微雨，上大街上去買了一架留聲機器來。

買的電影，當然都是合她的口味的電影，以老譚汪雨田等的為主，中間也有幾張劉鴻聲、孫菊仙、汪笑依的。

這一種計策，果然成功了，初買來的兩天之中，她簡直一停也不停的搖轉了兩天。到了第三天，她要我跟了電影唱。我以粗笨的喉音，不合拍的野調，竟哄她笑了一天。後來到了我也唱得有點合拍起來的時候，她卻聽厭了似的盡在邊上袖手旁觀，只看我拚命的在那裡搖轉，拚命的在那裡跟唱。有的時候，當唱片裡的唱音很激昂的高揚一次之後，她雖然也跟著把那頹拖下去的句子唱一二句，可是前兩天的她那一種熱情，又似乎沒有了。

在玩這留聲機器的把戲的當中，天氣又變了晴正。寒氣減退了下去，日中太陽出來的中間，颳風的時候很少，我們於日斜的午後，有時也上夫子廟前或大街上去走走。這一種街市上的散步，終究沒有野外遊行的有趣，大抵不過坐了黃包車去跑一兩個鐘頭，回來就順便帶一點吃的物事和新的唱片回來，此外也一無所得。

過了幾天，她臉上的那種倦怠的形容，又復原了，我想來想去，就又想出了一個方法來，就和她一道坐輕便火車出城去到下關去聽戲。

下關的那個戲園，房屋雖則要比A地的安樂園新些，可是唱戲的人，實在太差了，不但內行的她，有點聽不進去，就是不十分懂戲的我，聽了也覺得要身上起粟。

我一共和她去了兩趟，看了她臨去的時候的興高采烈，和回來的時候的意氣消沉，心裡又覺得重重的對她不起，所以於第二次自下關回來的途中，我因為想

九　落盡

對她的那種萎靡狀態，給一點興奮的原因，就對她說了一句笑話：「月英，這兒的戲實在太糟了，妳要聽戲，我們就上上海去吧，到上海去聽它兩天戲來，妳說怎麼樣？」

這一針興奮針，實在打得有效，她的眼睛裡，果然又放起那種射人的光來了。在灰暗的車座裡，她也不顧旁邊的有人沒有人，把屁股緊緊的向我一擠，一隻手又狠命的捏了我一把，更把頭貼了過來，很活潑的向我斜視著，媚笑著，輕輕的但又很有力量的對我說：「去吧，我們上上海去住它兩天吧，一邊可以聽戲，一邊也可以去買點東西。好，決定了，我們明天的早車就走。」

這一晚我總算又過了沉醉的一晚，她也回覆了一點舊時的熱意與歡情，因為睡覺的時候，我們還在談著大都會的舞臺裡的名優的放浪和淫亂。

十　登臺

第二天又睡到日中才起來，她也似乎為前夜的沒有節制的結果乏了力，我更是一動也不願意動。

吃了午飯，兩人又只是懶洋洋的躺著，不願意起身，所以上海之行，又延遲了一日。

晚上臨睡的時候，先和茶房約定，叫他於火車開前的一個半鐘頭就來叫醒我們，並且出城的馬車，也叫他預先為我們說好。

月英的性急，我早已知道了，又加以這次是上上海去的尋快樂的旅行，所以於早晨四點鐘的時候，她就發著抖，起來在電燈底下梳洗，等她來拉我起來的時候，東天也已經有點茫茫的白了。

十　登臺

忍了寒氣，從清冷的長街上被馬車拖出城來，我也感到了一種雞聲茅店的曉行的趣味。

買票上車，在車上也沒有什麼障礙發生，沿火車道兩旁的晴天野景，又添了我們許多旅行的樂趣。車過蘇州城外的時候，她並且提議，當我們於回去的途中，在蘇州也下車來玩它一天，因為前番接連幾天在南京的勝地巡遊的結果，這些野遊的趣味已經在她的腦裡留下了很深的印象了。

十二點過後，車到了北站，她雖則已經在上海經過過一次，可是短短的一天耽擱，上海對她，還是同初到上海來的人一樣，處處覺得新奇，事事覺得和天津不同。她看見道旁立著的高大的紅頭巡捕，就在馬車裡拉了我的手輕輕的對我笑著說：「這些印度巡捕的太太，不曉得怎麼樣的？」

我暗暗的在她腿上摘了一把，她倒哈哈的大笑了起來。到四馬路一家旅館裡住定了身，我們不等午飯的菜蔬搬來，就叫茶房去拿了一份報來，兩人就搶著翻看當日的戲目。因為在南京的時候，除吃飯睡覺外，我們什麼報也不看，所以現在上海有哪幾個名角在登臺，完全是不曉得的。

看報的結果，我們非但曉得了上海各舞臺的情形，並且曉得洋冬至已到，大馬路四川路口的幾家外國鋪子，正在賣聖誕節的廉價。月英於吃完午飯之後，就要我陪她去買服飾用品去，我因為到上海來一看，看了她的那種裝飾，也有點覺得不大合時宜了，所以馬上就答應了她，和她一道出去。

在大馬路上跑了半天，結果她買了一頂黑絨的法國女帽，和四周有很長很軟的鴕鳥毛縫在那裡的北歐各國女人穿的一件青呢外套。因為她的身材比外國女人矮小，所以，在長袍子上穿起來，這外套正齊到腳背。她的高高的鼻梁，和北方人裡面罕有的細白的皮色上，穿戴了這些外國衣帽，看起來的確好看，所以我就索性勸她買買周全，又為她買了幾雙肉色的長統絲襪和一雙高底的皮鞋。穿高底皮鞋，這雖還是她的第一次，但因為舞臺上穿高底靴穿慣的原因，她穿著答答的在我前頭走回家來，覺得一點兒也沒有不自然，一點兒也沒有勉強的地方。

這半天來的購買，我雖則花去了一百多塊錢，可是看了她很有神氣的在步道

十　登臺

上答答的走著，兩旁的人都回過頭來看她的光景，我心坎裡也感到了不少的愉快和得意。她自己更加不必說了，我覺得自從和她出奔以後，除在船艙裡的一天一晚不算外，她的像這樣喜歡滿足的樣子，這要算是第一次。

我和她走回旅館裡來的時候，旅館裡的茶房，也看得奇異起來了，他打臉湯水來之後，呆立著看了一會對我說：「太太穿外國衣服的時候真好看！」

我聽了這一句話，心裡更是喜歡得不了，所以於茶房走出去後，就撲上她的身去，又和她吻了半天。

匆忙吃了一點晚飯，我先叫茶房去丹桂第一臺定了兩個座兒，晚飯後，又叫茶房去叫了梳頭的人來，為月英梳了一個上海正在流行的頭。

我們進戲院去的時候，時間雖則還早，但座兒差不多已經滿了。幸而是先叫茶房來打過招呼的，我們上樓去問了按目，就被領到了第一排的花樓去就座。這中間月英的那雙答答的高底皮鞋，又出了風頭，前後的看戲者的眼睛，一時都射到她的身上臉上來，她和初發表被叫好的時候一樣，那雙靈活的眼睛，也對大家掃了一掃，我看了她臉上的得意的媚笑，心裡同時起了一種滿足和嫉妒的感情。

那一晚最叫座的戲，是小樓的《安天會》，可是不懂戲的上海的聽者，看小培和梅蘭芳下臺之後，就紛紛的散了。在這中間，因為花樓的客座裡起了動搖，池子裡的眼睛，一齊轉向了上來，我覺得這許多眼睛，似乎多在凝視我們，在批評我和美麗的月英的相稱不相稱。一想到此我倒也覺得有點難以為情，覺得臉上彷彿也紅了一紅。

戲散之後，我們上酒館去吃了一點酒菜點心，從寒冷空洞、有許多電燈照著的長街上背月走回旅館來，路上也遇見了許多坐包車的高等妓女。我私下看看她們，又回頭來和月英一比，覺得月英的風格要比她們高出數倍。

到了旅館裡，我洗了手臉，覺得一天的疲倦，都積壓上來了，所以不等著月英，就先上床睡去。後來月英進被來搖我醒來，已經是在我睡了一覺之後，我看了她的靈閃的眼睛，知道她還沒有睡過，「可憐妳這鄉下小丫頭，初到城裡來見了這繁華世界，就興奮到這一個地步！」我一邊這樣的取笑她，一邊就翻身轉來，壓上她的身去。

十　登臺

在上海住了三天，小樓等的戲接連聽了兩晚，到了第三天的早晨，我想催她回南京去了，可是她還似乎沒有看足，硬要我再住幾天。

我們就一天換一個舞臺的更聽了幾天，是決定明天一定要回南京去的前一夜，因為月色很好，我就和她走上了×世界的屋頂，去看上海的夜景。

燈塔似的S、W兩公司的尖頂，照耀在中間，附近盡是些黑黝黝的屋瓦和幾條縱橫交錯的長街。滿月的銀光，寒冷皎潔的散射在這些屋瓦長街之上。遠遠的黃浦灘頭，有幾處高而且黑的崛起的屋尖，像大海裡的遠島，在指示黃浦江流的方向。

月英登了這樣的高處，看了這樣的夜景，又舉起頭來看看千家同照的月華，似乎想起了什麼心事，在屋頂上動也不動響也不響的立了許多時候。我雖則捏了她的手，站在她的邊上，但從她的那雙凝望遠處的視線看來，她好像是已經把我的存在忘記了的樣子。

一陣風來，從底下吹進了幾聲哀切的絃管聲音到我們的耳裡，她微微的抖了一抖，我就用一隻手拍上她的肩頭，一隻手圍抱著她說：「月英！我們下去吧，這兒冷得很。底下還有坤戲哩，去聽她們一聽，好麼？」

尋到了樓下的坤戲場裡，她似乎是想起了從前在舞臺上的時候的榮耀的樣子，臉上的筋肉，又鬆懈歡笑了開來。本來我只想走一轉就回旅館去睡的，可是看了她的那種喜歡的樣兒，又不便馬上就走，所以就挨上臺前頭去揀了兩個座位來坐下。

戲目上寫在那裡的，盡是些鬍子的戲，我們坐下去的時候，一出半武場的《別窯》剛下臺，底下是《梅龍鎮》了，扮正德的戲單上的名字是小月紅。她看了這名字，用手向月字上一指，對我笑著說：「這倒好像是我的師弟。」

等這小月紅上臺的時候，她用兩手把我的手捏了一把，身子伏向前去，脫出了兩隻眼睛看了個仔細，同時又很驚異的輕輕叫了一聲：「啊，這不是夏月仙麼？」

十　登臺

她的這一種驚異的態度，觸動了四邊的看戲的人的好奇心，大家都歪了頭，朝她看起來了。因而臺上的小月紅，也注意到了她，小月紅的臉上，也一樣的現了一種驚異的表情，向我們看了幾眼，後來她們倆居然微微的點頭招呼起來了。

她驚喜得同小孩似的把上半身顛了幾顛。一邊笑著招呼著，一邊她捏緊了我的兩手盡在告訴我說：「這夏月仙，是在天橋兒的時候，和我合過班的。真奇怪，真奇怪，她怎麼會改了名上這兒來的呢？」

「噢！和妳合過班的？真是他鄉遇故知了，妳可以去找她去。等她下臺的時候，妳去找她去吧！」

我也覺得奇怪起來，奇怪她們這一次的奇遇，所以又問她說：「妳說在天橋兒的時候是和她在一道的，那不已經是四五年前的事情了麼？」

「可不是麼？怕還不止四五年來著。」

「倒難得妳們都還認得！」

「她簡直是一點兒也沒有改，還是那麼小個兒的。」

「那麼妳自己呢？」

「那我可不知道。」

「大約總也改不了多少吧？她也還認得妳。可是，月英，妳和我的在一塊兒，被她知道了，會不會有什麼事情出來？」

「不礙，不礙，她從前和我是很要好的，叫她不說，她絕不會說出去的。」

這樣的談著笑著，她那齣《梅龍鎮》也竟演完了，我就和月英站了起來，從人叢中擠出，繞到後臺房裡去看夏月仙去。月英進後臺房去的時候，我立在外面候著，只聽見了幾聲她倆的驚異的叫聲。候了不久，那卸裝的小月紅，就穿著一件青布的罩袍，後面跟著一個跟包的小女孩，和月英一道走發表房來了。

走到了我的面前，月英就嬉笑著為我們兩人介紹了一下，我因為和月英的這一番結識的結果，膽子也很大了，所以就叫月英請小月紅到我們的旅館裡去坐去。出了×世界的門，她就和小月紅坐了一乘車，我也和那跟包的小孩合坐了一乘車，一道的回到旅館裡來。

十　登臺

十一 死寂

那本名夏月仙的小月紅，相貌也並不壞，可是她那矮小的身材，和不大說話，老在笑著的習慣，使我感到了一層畏懼。匆匆在旅館裡的一夕談話，我雖看不出她的品性思慮來，可是和月英高談一陣之後，又戚促戚促的咬耳朵私笑的那種行為，我終究有點心疑。她坐了二十多分鐘，我請她和那跟包的小孩吃了些點心，就告辭走了。月英因此奇遇，又要我在上海再住一天，說明天早晨，她要上夏月仙家去看她，中午更想約她來一道吃飯。

第二天午前，太陽剛晒上我們的那間朝東南的房間窗上，她就起來梳了一個頭。梳洗完後，她因為我昨夜來的疲勞未復，還不容易起來，所以就告訴我說，她想一個人出去，上夏月仙家去。並且拿了一支筆過來，要我替她在紙上寫一個

十一　死寂

地名，好叫人看了，教她的路。夏月仙的住址，是愛多亞路三多里的十八號。

她出去之後，房間裡就靜悄悄的死寂了下去。我被這沉默的空氣一壓，心裡就感到了一種莫名其妙的恐怖，「萬一出去了之後，就此不回來了，便怎麼辦呢？」因為我和她，在這將近一個月的當中，除上便所的時候分一分開外，行住坐臥，一刻也沒有離開過。今朝被她這麼的一去，起初還帶有幾分遊戲性質的這一種幻想，愈想愈覺得可能，愈覺得可怕了。本來想乘她出去的中間，安閒的睡它一覺的，然而被這一個幻想來一攪，睡魔完全被打退了。

「不會的，不會的，哪裡會有這樣的事情呢？」像這樣的自家寬慰一番，自笑自的解一番嘲，回頭那一個幻想又忽然會變一個形狀，很切實的很具體的迫上心來。在被窩裡躺著，像這樣的被幻想擾惱，橫豎是睡不著覺的，並且自月英起來以後，被窩也變得冰冷冰冷了，所以我就下了一個決心，走出床來，起來洗面刷牙。

洗刷完後，點心也不想吃，一個人踱著坐著，也無聊賴，不得已就叫茶房去買了一份報來讀。把國內外的政治電報翻了一翻，眼睛就注意到了社會記事的本埠新聞上去。攏總只有半頁的這社會新聞裡，「背夫私逃」、「叔嫂通姦」、「下堂妾又遇前夫」等關於男女姦情的記事，竟有四五處之多。我一條一條的看了之後，腦裡的幻想，更受了事實的襯托，漸漸兒的帶起現實味來了。把報紙一丟，我彷佛是遇了盜劫似的帽子也不戴便趕出了門來。出了旅館的門，跳上了門前停在那裡兜買賣的黃包車，我就一直的叫他拉上愛多亞路的三多里去。可是拉來拉去，拉了半天，他總尋不到這三多里的方向。我氣得急了，就放大了喉嚨罵了他幾句，叫他快拉上×世界的附近去。這時在太陽光底下來往的路人很多，大約我臉上的氣色有點不對吧，擦過的行人，都似乎在那裡對我凝視。好容易拉到了×世界的近旁，向行人一問，果然知道了三多里就離此不遠了。

到了三多里的那條狹小的弄堂門口，我從車上跳了下來，一邊喘著氣，按著心臟的跳躍，一邊又尋來尋去的尋了半天第十八號的門牌。

在一間一樓一底的齷齪的小樓房門口，我才尋見了兩個淡黑的數目18，字寫

十一　死寂

在黃沙粉刷的牆上。急急的打門進去，拉住了一個開門出來的中老婦人，我就問她：「這兒可有一個姓夏的人住著？」她堅說沒有。我問了半天，告訴她這姓夏的是女戲子，是在×世界唱戲的，她才點頭笑說：「你問的是小月紅吧？她住在二樓上，可是我剛看見她同一位朋友走出去了。」我急得沒法，就問她「樓上還有人麼？」她說「她們是住在亭子間裡的，和小月紅同住的，還有一位她的師傅和一個小女孩的妹妹。」

我從黝黑的扶梯弄裡摸了上去，向亭子間的朝扶梯開著的房門裡一看，果然昨天那小女孩，還坐在對窗的一張小桌子邊上吃大餅，這房裡只有一張床，灰塵很多的一條白布帳子，還放落在那裡。那小女孩聽見了我的上樓來的腳步聲音，就掉過頭來，朝立在黑暗的扶梯跟前的我睇視了一回，認清了是我，她才立起來笑著說：「姊姊和謝月英姊姊一道出去了，怕是上旅館裡去的，您請進來坐一會兒吧！」

我聽了這一句話，方才放下了心，向她點了一點頭，旋轉身就走下扶梯，奔回到旅館裡來。

跑進了旅館門，跑上了扶梯，上我們的那間房門口去一看，房門還依然關在那裡，很急促的對拿鑰匙來開門的茶房問了一聲：「女人回來了沒有？」茶房很悠徐的回答說：「太太還沒有回來。」聽了他這一句話，我的頭上，好像被一塊鐵板擊了一下。叫他仍復把房門鎖上，我又跳跑下去，到馬路上去無頭無緒的奔走了半天。走到S公司的面前，看看那個塔上的大錶，長短針已將疊住在十二點鐘的字上了，只好又同瘋了似的走回到旅館裡來。跑上樓去一看，月英和夏月仙卻好端端的坐在杯盤擺好的桌子面前，竟在那裡高聲的說笑。

「啊！妳上什麼地方去了？」

我見了月英的面，一種說不出來的喜歡和一種馬上變不過來的激情，只衝出了這一句問話來，一邊也在急喘著氣。

她看了我這感情激發的表情，止不住的笑著問我說：「你怎麼著？為什麼要跑了那麼快？」

十一　死寂

我喘了半天的氣，拿出手帕來向頭上臉上的汗擦了一擦，停了好一會，才恢復了平時的態度，慢慢的問她說：「妳上什麼地方去了？我怕妳走失了路，出去找妳來著。月英啊月英，這一回我可真上了妳的當了。」

「又不是小孩子，會走錯路走不回來的。你老愛幹那些無聊的事情。」

說著她就斜嗔了我一眼，這分明是賣弄她的媚情的表示，到此我們三人才合笑起來了。

月英叫的菜是三塊錢的和菜，也有一斤黃酒叫在那裡，三個人倒喝了一個醉飽。夏月仙因為午後還要去上臺，所以吃完飯後，就匆匆的走了。我們告訴她搭明天的早車回南京去，她臨走就說明兒一早就上北站來送我們。

下午上街去買了些香粉雪花膏之類的雜用品後，因為時間還早，又和月英上半淞園去了一趟。

半淞園的樹木，都已凋落了，遊人也絕了跡。我們進門去後，只看見了些坍敗的茶棚橋樑，和無人住的空屋之類。在水亭裡走了一圈，爬上最高的假山亭去的中間，月英因為著的是高底鞋的原因，在半路上絆跌了一次，結果要我背了似的扶她上去。

畢竟是高一點兒的地方多風，在這樣陽和的日光晒著的午後，高亭上也覺得有點冷氣逼人。黃浦江的水色，金黃映著太陽，四邊的蘆草灘彎曲的地方，只有靜寂的空氣，浮在那裡促人的午睡。西北面老遠的空地裡，也看得見一兩個人影，可是地廣人稀，仍復是一點兒影響也沒有。黃浦江裡，遠遠的更有幾隻大輪船停著，但這些似乎是在修理中的破船，煙囪裡既沒有煙，船身上也沒有人在來往，彷彿是這無生的大物，也在寒冬的太陽光裡躺著，在那裡假寐的樣子。

月英向周圍看了一圈，聽枯樹林裡的小鳥宛轉啼叫了兩三聲，面上表現著一種枯寂的形容，忽而靠上了我的身子，似乎是情不自禁的對我說：「介成！這地方不好，還沒有×世界的屋頂上那麼有趣。看了這裡的景緻，好像一個人就要死下去的樣子，我們走吧。」

我仍復扶背了她，走下那小土堆來。更在半淞園的土山北面走了一圈，看了些枯涸了的同溝兒似的泥河和幾處不大清潔的水渚，就和她走出園來，坐電車回到了旅館。

若打算明天坐早車回南京，照理晚上是應該早睡的，可是她對上海的熱鬧中樞，似乎還沒有生厭，吃了晚飯之後，仍復要我陪她去看月亮，上×世界去。

我也曉得她的用意，大約她因為和夏月仙相遇匆匆，談話還沒有談足，所以晚上還想再去見她一面，這本來是很容易的事情，我所以也馬上答應了她，就和她買了兩張門票進去。

晚上小月紅唱的是《珠簾寨》裡的配角，所以我們走走聽聽，直到十一點鐘才聽完了她那齣戲。戲下臺後，月英又上後臺房去邀了她們來，我們就在×世界的飯店裡坐談了半點多鐘，吃了一點酒菜，談次日的行程並且勸小月紅明天不必來送。

月亮仍舊是很好，我們和小月紅她們走出了×世界敘了下次再會的約話，分手以後，就不坐黃包車步行踏月走了回來。

月英俯下頭走了一程，忽而舉起頭來，眼看著月亮，嘴裡卻輕輕的對我說：

「介成，我想……」

「妳想怎麼啦？」

「我想，——我們，我們像這樣的下去，也不是一個結局，……」

「那怎麼辦呢？」

「我想若有機會，仍復上臺去出演去。」

「妳不是說那種賣藝的生活，是很苦的麼？」

「那原是的，可是像現在那麼的閒蕩過去，也不是正經的路數。況且……」

我聽到了此地，也有點心酸起來了。因為當我在A地於無意中積下來一點貯蓄，和臨行時向A省公署裡支來的幾個薪水，也用得差不多了，若再這樣的過去一月，那第二個月的生活就要發生問題，所以聽她講到了這一個人生最切實的衣食問題，我也無話可說，兩人都沉默著，默默的走了一段路。等將到旅館門口的

十一　死寂

時候，我就靠上了她的身邊，緊緊揑住了她的手，用了很沉悶的聲氣對她說：「月英，這一句話，讓我們到了南京之後，再去商量吧。」

第二天早晨我們雖則沒有來時那麼的興致，但是上了火車，也很滿足的回了南京，不過車過蘇州，終究沒有下車去玩。

十二　放縱

從上海新回到南京來的幾日當中，因為那種煩劇的印象，還黏在腦底，並且月英也為了新買的衣裳用品及留聲機器唱片等所惑亂，旁的思想，一點兒也沒有生長的餘地，所以我們又和上帝初創造我們的時候一樣，過了幾天任情的放縱的生活。

幾天過後月英更因為想滿足她那一種女性特有的本能，在室內征服了我還不夠，於和暖晴朗的午後，時時要我陪了她上熱鬧的大街上，或可以俯視釣魚巷兩岸的秦淮河上的茶樓去顯示她的新制的外套，新制的高跟皮鞋，和新學來的化妝技術。

她辮子不梳了，上海正在流行的那一種勻稱不對，梳法奇特的所謂維納斯——愛神——頭，被她學會了。從前面看過去，左側有一剪頭髮蓬鬆突起，自後面看去，也沒有一個突出的圓球，只是稍為高一點的中間，有一條斜插過去的深紋的這一種頭，看起來實在也很是好看。尤其是當外國女帽除下來後，那一剪左側的頭髮，稍微下向，更有幾絲亂髮，從這裡頭拖散下來的一種風情，我只在法國的畫集裡，看見過一兩次，以中國的形容詞來說，大約只有「太液芙蓉未央柳」的一句古語，還比較得近些。

本來對東方人的皮膚是不大適合的一種叫「亞媲貢」的法國香粉，淡淡的撲上她的臉上，非但她本來的那種白色能夠調活，連兩頰的那種太姣豔的紅暈，也受了這淡紅帶黃的粉末的輝映，會帶起透明的情調來。

還有這一次新買來的黛螺，用了小毛刷上她的本來有點斜掛上去的眉毛上，和黑子很大的鼻底眼角上一點染，她的水晶晶的兩隻眼睛，只教轉動一動，你就會從心底裡感到一種要聳起肩骨來的涼意。

而她的本來是很曲很紅的嘴唇裡，這一回又被她發見了一種同鬱金香花的顏色相似的紅中帶黑的胭脂。這一種胭脂用在那裡的時候，從她口角上流出來的笑意和語浪，彷彿都會帶著這一種印度紅的顏色似的，你聽她講話，只須看她的這兩條嘴唇的波動，即使不聽取語言的旋律，也可以了解她的真意。

我看了她這種種新發明的裝飾，對她的肉體的要求，自然是日漸增高，還有一種從前所沒有的既得患失的恐怖，更使我一刻也不願意叫她從我的懷抱裡撕開，結果弄得她反而不能安居室內，要我跟著她日日的往外邊熱鬧的地方去跑。

在人叢中看了她那種滿足高揚，處處撩人的樣子，我的嫉妒心又自然而然的會從肚皮裡直沸起來，彷彿是被人家看一眼她身上的肉就要少一塊似的，我老是上前落後的去打算遮掩她，並且對了那些餓狼似的道旁男子的眼光，也總裝出很凶猛的敵對樣子來反抗。而我的這一種嫉妒，旁人的那一種貪視，對她又彷彿是有很大的趣味似的，我愈是坐立不安的要催她回去，旁人愈是厚顏無恥的對她注視，她愈要裝出那一種媚笑斜視和挑撥的舉動來，增進她的得意。

我的身體，在這半個月中間，眼見得消瘦了下去，並且因為性慾亢進的結果，持久力也沒有了。

有一次也是晴和可愛的一天午後，我和她上桃葉渡頭的六朝攬勝樓去喝了半天茶回來，因為內心緊張，嫉妒激發的原因，我一到家就抱住了她，流了一臉眼淚，盡力的享受了一次我對她所有的權利。可是當我精力耗盡的時候，她卻幽閒自在，毫不覺得似的用手向我的頭髮裡梳插著對我說：「你這孩子，別那麼瘋，看你近來的樣子，簡直是一隻瘋狗。我出去走走有什麼？誰教你心眼兒那麼小？回頭鬧出病來，可不是好玩意兒。你怕我怎麼樣？我到現在還跑得了麼？」

被她這樣的慰撫一番，我的對她的所有欲，反而會更強起來，結果又弄得同每次一樣，她反而發生了反感，又要起來梳洗，再裝刷一番，再跑出去。

跑出去我當然是跟在她的後頭，旁人當然又要來看她，我的嫉妒當然又不會止息的。於是晚上就在一家菜館裡吃晚飯，吃完晚飯回家，仍復是那一種激情的驟發和筋肉的虐使。

這一種狀態，循環往復地日日繼續了下去，我的神經系統，完全呈出一種怪現象來了。

晚上睡覺，非要緊緊地把她抱著，同懷胎的母親似的把她整個兒的摟在懷中，不能闔眼；一闔眼去，就要夢見她的棄我而奔，或被奇怪的獸類，挾著在那裡奸玩。平均起來，一天一晚，像這樣的夢，總要做三個以上。

此外還有一件心事。

一年的歲月，也垂垂晚了，我的一點積貯和向A省署支來的幾百塊薪水，算起來，已經用去了一大半以上，若再這樣的過去，非但月英的慾望，我不能夠使她滿足，就是食住，也要發生問題。去找事情哩，一時也沒有眉目，況且在這一種心理狀態之下，就是有了事情，又哪裡能夠安心的幹下去？

這一件心事，在嫉妒完時，在亂夢覺後，也時時罩上我的心來，所以到了陰曆十二月的底邊，滿城的炮竹，深夜裡正放得熱鬧的時候，我忽然醒來，看了伏在我懷裡睡著、和一隻小肥羊似的月英的身體，又老要莫名其妙的撲落撲落的滾下眼淚來，神經的弱衰，到此已經達到了極點了。

十二　放縱

一邊看看月英，她的肉體，好像在嘲弄我的衰弱似的，自從離開A地以後，愈長愈覺得豐肥鮮豔起來了。她的從前因為熬夜不睡的原因，長得很乾燥的皮膚，近來加上了一層油潤，摸上去彷彿是將手浸在雪花膏缸裡似的，滑溜溜的會把你的指頭膩住。一頭頭髮，也因為日夕的梳篦和香油香水等的灌溉，晚上睡覺的時候，散亂在她的雪樣的肩上背上，看起來像鴉背的烏翎，弄得你止不住的想把它們含在嘴裡，或抱在胸前。

年三十的那一天晚上，她說明朝一早，就要上廟裡去燒香，不准我和她同睡。並且睡覺之前，她去要了一盆熱水來，要我也和她一道洗洗乾淨。這一晚，總算是我們出走以來，第一次的和她分被而臥，前半夜我翻來覆去，怎麼也睡不安穩。向她說了半天，甚至用了暴力把她的被頭掀起，我想擠進去，擠進她的被裡去，但她拚死的抵住，怎麼也不答應我。後來弄得我的氣力耗盡，手腳也軟了，才讓她一個人睡在外床，自己只好嘆一口氣，朝裡床躺著，悶聲不響，裝作是生了氣的神情。

我在睡不著裝生氣的中間，她倒嘶嘶的同小孩子似的睡著了。我朝轉來本想乘其不備，就爬進被去的，可是看了她臉和平的微笑，和半開半閉的眼睛，我的卑鄙的欲念，彷彿也受了一個打擊。把頭移將過去，只在她的嘴上輕輕地吻了一吻，我就為她的被蓋了蓋好，因而便好好的讓她在做清淨的夢。

我守著她的睡態，想著我的心事，在一盞黃灰灰的電燈底下，在一年將盡的這殘夜明時，不知不覺，竟聽它敲了四點，敲了五點，直到門外街上有人點放開門炮的早晨。

是幾時睡著的，我當然不知道，睡了多少時候，我也沒有清楚，可是眼睛打開來一看，我只覺得寂靜的空氣，圍在我的四周，寂靜，寂靜，寂靜，連門外頭的元日的太陽光，都似乎失掉了生命的樣子。

我驚駭起來了，跳出床來一看，火盆裡的炭，也已燒殘了八九，只有許多雪白雪白的灰，還散積在盆的當中。一個鐵桿的三腳架上，有一鍋我天天早晨起來喜歡吃的蓮子燉在那裡。回頭向四邊更仔細的一看，桌子上也收拾得乾乾淨淨，

十二　放縱

和平時並沒有什麼分別。再把她的鏡箱盒子的抽鬥抽將開來一看，裡頭的梳子篦子和許多粉盒粉撲之類，都不見了，下層盒裡，我只翻出了一張包蓮子的黃皮紙來。我眼睛裡生了火花，在看那幾行粗細不勻，歪斜得同小孩子寫的一樣的字的時候，一聲絕叫，在喉嚨頭噤住，我的全身的血液，都像是凝結住了。

介成，我想走，上什麼地方，可還不知道。你不用來追我，我隨身只帶了你的那只小提包。衣服之類，全還沒有動，錢也只拿了五十塊。你愛吃的那碗蓮子，我給你烤在火上，你自己的身體要小心保養。

「啊啊！她走了，她果然走了！」

這樣的想了一想，我的斷絕了聯絡的知覺，又重新恢復了轉來，一股同蒸氣似的酸淚，直湧了出來。我踉蹌往後退了幾步，倒在外床她疊好在那裡的那條被上。兩手緊緊抱著了這一條被，我哭著哭著哭著，哭了一個盡情。

眼淚流乾了，胸中也覺得寬暢了一點的時候，我又立了起來，把房裡的東西檢點了一檢點。可是拿著了她曾經用過的東西，把一場一場的細節回想起來，剛止住的眼淚又不自禁地流下來了。一邊流著眼淚，一邊我看出了她當走的時候東西果真一點兒也沒有拿去。

除了我和她這一回在上海買的一隻手提皮篋，及二三件日用的衣服器具外，她的衣箱，她的鋪蓋，都還好好的放在原處。

一串鑰匙，她為我掛在很容易看見的衣鉤上，我的一隻藏鈔票洋錢的小皮篋，她開了之後，仍復為我放在箱子蓋上。把內容一看，外層的十幾塊現洋和三四張十元的鈔票她拿走了，裡層的一本郵政儲金的簿子和一張匯豐銀行的五十元鈔票，仍舊剩在那裡。

我急忙開房門出去一看，看見院子裡的太陽還是很高，放了渴竭的喉嚨，我就拚命的叫茶房進來。

茶房聽了我著急的叫聲，跑將進來對我一看，也呆住了，問我有什麼事情，我想提起聲來問他，她是什麼時候走的，可是眼淚卻先滏了我的喉嚨。茶房也看出了我的意思，就也同情我似的柔聲告我說：「太太今天早晨出去的時候，就告訴我說：『你好好的侍候老爺，我要上遠處去一趟來。現在老爺還睡著哪，你別驚醒了他；若炭火熄了，再去添上一點。蓮子也燉上了，小心別讓它焦。』只這麼幾句話。我問她什麼時候回來，她說沒有準兒。有什麼事情了麼？」

「她，她，是什麼時候走的？」

「很早哩！怕還沒有到九點。」

「現在，現在是什麼時候了？」

「三點還沒有到吧！」

「好，你，你去倒一點洗臉水來給我。」

茶房出去之後，我就又哭著回到了房裡，呆呆對她的箱子看了半天，我心上忽兒閃過了一道光明的閃電。

「她又不是死了，哭她幹嘛？趕緊追上去，追上去去尋她著來，反正她總還走得不遠的。去，馬上去，去追吧。」

我想到了這裡，心裡倒寬起來了。收住了眼淚，把翻亂的衣箱等件疊回原處之後，我挺起身來，把衣服整了一整，一邊捏緊了拳頭向胸前敲了幾下，一邊自己就對自己起了一個誓：「總之我在這世界上活著一天，我就要尋她一天。無論如何，我總要去尋她著來！」

十二　放縱

十三　苦悶

門外頭是一派快晴的新年氣象。

長街上的店門，都貼滿了春聯，也有半開的，有的完全關在那裡。來往的行人，全穿了新製的馬褂袍子，也有拱手在道賀的。

鼓樂聲，爆竹聲，小孩的狂噪聲，撲面的飛來，絕似夏天的急雨。這中間還有抄牌喊賭的聲音。畢竟行人比平時要少，清冷的街上，除了幾個點綴春景的遊人而外，滿地只是燒殘了的爆竹紅塵。

我張了兩隻已經哭紅了的倦眼，踉蹌走出了旅館的門，就上馬車行去僱馬車去。但是今天是正月初一，馬伕大家在休息著，沒有人肯出來拖我去下關。最後就沒有法子，只好以很昂的價，坐了一乘人力車出城。

十三　苦悶

太陽已經低斜下去了，出了街市的盡處，那條清冷的路上，竟半天遇不著一個行人，一輛車子。

將晚的時候，我的車到了下關車站，到賣票房去一看，門關得緊緊，站上的人員，都已去喝酒打牌去了。我以最謙恭的禮貌，對一位管雜役的站員，行了一個鞠躬禮，央求他告訴我今天上天津或上海去的火車有沒有了。

他說今天是元旦，上上海和上天津的火車，都只有早晨的一班。

我又謙聲和氣，恨不得拜下去似的問他：「今天早晨的車，是幾點鐘開的？」

「津浦是六點，滬寧是八點。」

說著他彷彿是很討厭我的絮煩似的，將頭朝向了別處。我又對他行了一個敬禮，用了最和氣的聲氣問他說：「對不起，真真對不起，勞你駕再告訴我一點，今天上上海去的車上，可有一位戴黑絨女帽，穿外國外套的女客？」

「那我哪兒知道，車上的人多得很哩！」

「對不起，真真對不起，我因為女人今天早晨跑了，——唉，——跑了，所以……」

這些不必要的說話，我到此也同鄉愚似的說了出來，並且底下就變成了淚聲，說也說不下去了。那站員聽了我的哭聲，對我丟了一眼輕視的眼色，彷彿是把我當做了一個賣哀乞食的惡徒。這時候天已經有點黑了，那站員便走了開去。我不得已也只得一邊以手帕擦著鼻涕，一邊走出站來。

車站外面，黃包車一乘也沒有，我想明天若要乘早車的話，還是在下關過夜的好，所以一邊哭著，一邊就從鑼鼓聲裡走向了有很多旅館開著的江邊。

江邊已經是夜景了，從關閉在那裡的門縫裡一條一條的有幾處露出了幾條燈光的光來。我一想起初和月英從A地下來的時候的狀況，心裡更是傷心，可是為重新回憶的原因，就仍復尋到了瀛臺大旅社去住。

寬廣空洞的瀛臺大旅社裡，這時候在住的客人也很少，我住定之後，也不顧茶房的急於想出去打牌，就拉住了他，又問了些和問那站員一樣的話。結果又成了淚聲，告訴他以女人出走的事情，並且明明知道是不會的，又禁不住的問他今天早晨有沒有見到這樣這樣的一位女人上車。

這茶房同逃也似的出去了之後，我更想想了城裡的茶房對我說的話來。今天早晨她若是於八九點鐘走出中正街的話，那她到下關起碼要一個鐘頭，無論如何總也將近十點的時候，才能夠到這裡，那麼津浦車她當然是搭不著的，滬寧車也是趕不上的。啊啊，或者她也還在這下關耽擱著，也說不定，天老爺呀天老爺，這一定是不錯的了，我還是在這裡尋她一晚吧。想到了這裡，我的喜悅又湧上心來了，彷彿是確實知道她在下關的一樣。

我飯也不吃，就跑了出來。打算上各家旅館去，都一家一家的去走尋它遍來。

在黑暗不平的道上走了一段，打開了幾家旅館的門來去尋了一遍，問了一遍，他們都說像這樣這樣的女人並沒有來投宿。他們叫我看旅客一覽表上的名姓，那當然是沒有的，因為我知道她，就是來住，也一定不會寫真實的姓名的。

從江邊走上了後街，無論大的小的旅館，我都卑躬屈節的將一樣的話問了尋了，結果走了十六七家，仍復是一點兒影也沒有。

夜已經深了，店家大家上門的上門，開賭的開賭，敲年鑼鼓的在敲年鑼鼓了。我不怕人家的鄙視辱罵，硬的又去敲開門來尋問了幾家。有一處我去打門，那茶房非但不肯開門，並且在一個小門洞裡簡直罵豬罵狗的罵了我一陣。我又以和言善貌，賠了許多的不是，仍復將我要尋問的話，背了一遍給聽，他只說了一聲「沒有！」白灘的一響，很重的就把那小門關上了。

我又走了幾處，問了幾家，弄得元氣也喪盡，頭也同分裂了似的痛得不止，正想收住了這無謂的搜尋，走回瀛臺旅社來休息的時候，前面忽而來了一輛很漂亮的包車，從車燈光裡一看，我看見了同月英一樣的一頂黑絨女帽，和一件周圍有駝毛釘著的外套，車上坐著的人的臉還沒有看清，那車就跑過去了，我旋轉了身，就追了上去，一邊更放大了膽，舉起我那帶淚聲的喉音，「月英！月英！」的叫了幾聲。

十三　苦悶

前面的車果然停住了，我喜歡得同著了鬼似的跳了起來，馬上跳將上去一看，在車座裡坐著的，是一個比月英年紀更小，也是很可愛的小姑娘。她分明是應了局回來的妓女，看了我的樣子也驚了一跳，我又含淚的向她賠了許多不是，把月英的事情簡單的向她說了一說。她面上雖則也像在向我表同情，可是那不做好的車伕，卻啐了我一聲，又放開大步向前跑走了。

走回到瀛臺旅社裡來，已經是半夜了，我一個人翻來覆去，想月英的這回出去，愈想愈覺得奇怪。她若嫌我的沒有錢哩，當初就不該跟我。她若嫌我的相兒醜哩，則一直到她出走的時候止，愛我之情是的確有的。況且當初當我和她相識的時候，看她的舉動，聽她的言語，都不像完全是被動的樣子。若說她另外有了情人了哩，則在這一個多月中間，我和她還沒有離開一夜過。那個A地的小白臉的陳君哩，從前是和她的確有過關係的，可是現在已經早不在她的心裡了，又何至於因此而棄我哩？或者是想起了她在天津的娘了吧？或者是想起了李蘭香和那姥姥了吧？但這也不會的，因為本來她對她們就沒有什麼很深的感情。那麼是為了什麼呢？為了什麼呢？我想來想去，總想不出她的所以要出走的理由來。若硬的要說，或者是她對於那種放蕩的女優生活，又眼熱起來了，或者是因為我近來過於愛她了。但是不會的，也不會的，對於女優生活的不滿意，是她自己親口和我說的。我的過於愛她，她近來雖則時時有不滿意的表示，但世上哪有對於溺愛自己者反加以憎惡的人？

我更想想和她過的這一個多月的性愛生活，想想她的種種熱烈地強要我的時候的舉動和臉色，想想昨晚上洗身的事情和她的最後的那一種和平的微笑的睡臉，一種不可名狀的悲苦，從肚底裡一步一步的壓了上來，「啊啊，今後是怎麼也見她不到了，見她不到了！」這麼的一想，我的胸裡的苦悶，就變了嗚嗚的哭聲流露了出來。愈想止住發聲不哭響來，悲苦愈是激昂，結果一聲聲的悶聲，反而愈大。

這樣的苦悶了一晚，天又白灰灰的亮了，車站上機關車回轉的聲音，也遠遠傳了幾聲過來，到此我的頭腦忽而清了一清。

十三　苦悶

「究竟怎麼辦呢？」

若昨晚上的推測是對的話，那說不定她今天許還在南京附近，我只須上車站去等著，等她今天上車的時候，去拉她回來就對了。若她已經是離開了南京的話，那她究竟是上北的呢？下南的呢？正想到了這裡，江中的一隻輪船，婆婆的放了一聲汽笛。

我又昏亂了，因為昨晚上推想她走的時候，我只想到了火車，卻沒有想到從這裡坐輪船，也是可以上漢口，下上海去的。

急忙叫茶房起來，打水給我洗了一個臉，我帳也不結，付了他三塊大洋，就匆匆跑下樓來，跑上江邊的輪船碼頭去。

上碼頭船上去一問，艙房裡只有一個老頭兒躺在床上，在一盞洋油燈底下吃煙。我又千對不起萬對不起的向他問了許多話。他說元旦造成初五止是封關的，可是昨天午後有一隻因積貨遲了的下水船，船上有沒有搭客，他卻沒有留心。

我決定了她若是要走，一定是搭這一隻船去的，就謝了那老頭兒許多回數，離開了那隻碼頭的趸船。到岸上來靜靜的一想，覺得還是放心不下，就又和幾個早起的工人旅客，走向了西，買票走上那只開赴浦口的聯絡船去，因為我想萬一她昨天不走，那今天總逃不了那六點和八點的兩班車的，我且先到浦口去候它一個鐘頭，到回來趕車去上海不遲。

船起了行，灰暗的天漸漸地帶起曉色來了。東方的淡藍空處，也湧出了幾片桃紅色的雲來，是報告日出的先驅。天上的明星，也都已經收藏了影子，寒風吹到船中，船舷上的幾個旅客，一例的咳了幾聲。我聽到了幾聲從對岸傳過來的寒空裡的汽笛，心裡又著了急，只怕津浦車要先我而開，恨不得棄了那隻遲遲前進的渡輪，一腳就跨到浦口車站去。

船到了浦口，太陽起來了，幾個蕭疏的旅客，拖了很長的影子，從跳板上慢慢走上了岸。我擠過了幾組同方向走往車站去的行人，便很急的跑上賣票房前的那個空洞的大廳裡去。

大廳上旅客很少，只有幾個伕役在那裡掃地打水。我抓住了一個穿制服的車

十三　苦悶

站上的役員，又很謙恭的問，他有沒有看見這樣這樣的一個婦人。他把頭彎了一彎，想了一想，又搖頭說：「沒有！」更把嘴巴一舉，叫我自家上車廂裡去尋尋看。

我一乘一乘，從後邊尋到前邊，又從前邊尋到後邊，婦人旅客，只看見了三個。一個是鄉下老婦人，一個是和她男人在一道的中年的中產者，分明是坐車去拜年去的，還有一個是西洋人。

呆呆的立在月臺上的寒風裡，我看見和我同船來的旅客一組一組的進車去坐了，又過了幾分鐘，哪零零零的一響，火車就開始動了。我含了兩包眼淚，在月臺上看車身去遠了，才走出站來，又走上渡輪，搭回到下關來。

到下關車站，已經是七點多了。究竟是滬寧車，在車站上來往的人也擁擠得很。我買了一張車票進去，先在月臺上看來看去的看了半天，有好幾次看見了一個像月英的婦人，但趕將上去一看，又落了一個空。

進車之後，我又同在浦口車站上的時候一樣，從前到後，從後到前的看了兩遍，然而結果，仍舊是同在浦口的時候一樣。

這一天車誤了點，直到兩點多鐘才到蘇州。在車座裡悶坐著，我想的盡是些不吉的想頭。因為我曉得她在上海只有一個小月紅認識，所以我在我的幻想上，就把小月紅當做了一個王婆。我在幻想她如何的為月英拉客，又如何的為月英介紹舞臺的老闆。又想到了那個和她在一張床上睡的所謂師傅的如何從中取利，更如何的和月英通姦，想到了這裡幾乎使我從車座裡跳了起來。幸而正當我苦悶得最難受的時候，車也到了北站了，我就一直的坐車尋到三多里的小月紅家裡去。

十三　苦悶

十四 懺悔

上海的馬路上，也是一樣的鼓樂喧天的泛流著一派新年的景象。不過電車汽車黃包車等多了幾乘，行人的數目多了一點，其餘的樣子，店門都關上的街市上的樣子，還是和南京一樣。

我尋到了愛多亞路的三多里，打開了十八號的門，也忘記了說新年的賀話，一直的就跑上了那間我曾經來一次過的亭子間中。

進去一看，小月紅和那小女孩都不在，只有一位相貌獰惡的四十來歲的北老，穿了一件黑布的羊皮袍子，對窗坐著在拉胡琴。

我對他敘了禮，告訴他以前來過的謝月英是我的女人。我話還沒有說完，他卻很驚異的問我說：「噢，你們還沒有回南京去麼？」

十四　懺悔

我又告訴他，回是回去了，可是她又於昨天早晨走了。接著我又問他，她到這裡來過沒有，並且問小月紅有沒有曉得，月英究竟是上哪裡去的。

他搖搖頭說：「這兒可沒有來過，或者小月紅知道也未可知，等她回來的時候，讓我問問她看。」

我問她小月紅上哪裡去了，他說她去唱戲，還沒有回來。我為了他的這一句「或者小月紅知道也未可知」就又充滿了希望，笑對他說：「她大約是在×世界呢？讓我上那兒去尋她去。」

他說：「快是快回來了，可是你去×世界玩玩也好。」

他並不曉得我的如落火毛蟲一樣的焦急，還以為我想去逛×世界，我心裡雖則在這麼想，但嘴上卻很恭敬的和他告了別，走了出來。

畢竟是新年的第二日，×世界的遊人，真可以說是滿坑滿谷。我擠過了許多人，也顧不得面子不面子，竟直接的跑到了後臺房裡，和守門的人說，一定要見一見小月紅。她唱的戲還沒有上臺，然而頭面已經扮敷好了。臺房裡的許多女孩子，因為我直衝了進去，拉著了小月紅在絮絮尋問，所以大家都在斜視著朝我們看。問了半天，她仍舊是莫名其妙，我看了她的那一種表情，和頭回她師傅的那一種樣子，也曉得再問是無益的了，所以只告訴她我仍復住在四馬路的那家旅館裡，她以後萬一聽到或接到月英的消息，請她千萬上旅館裡來告訴我一聲。末了我的說話又變成了淚聲，當臨走的時候，並且添了一句說：「我這一回若尋她不著，怕就不能活下去了。」

走出了×世界我仍復上四馬路的那家旅館去開了一個房間。又是和她曾經住過的這旅館，這一回這樣的隻身來住，想起舊情，心裡的難過，自然是可以不必說了。獨坐在房間裡細細的回想了一陣那一天早晨，因為她上小月紅那裡去而空著急的事情，又橫空的浮上了心來。

「啊啊，這果然成了事實了，原來愛情的確是靈奇的，預感的確是有的。」

這樣痴痴呆呆的想了半天，房裡的電燈忽然亮了，我倒駭了一跳，原來我用兩隻手支住了頭，坐在那裡呆想，竟把時間的過去，日夜的分別都忘掉了。

茶房開進門來，問我要不要吃飯，我只搖搖頭，朝他呆看看，一句話也不願意說。等他帶上門出去的時候，我又感到了一種無限的孤獨，所以又叫他轉來問他說：「今天的報呢？請你去拿一份來給我。」

因為我想月英若到了上海，或者趁新年的熱鬧，馬上去上了臺也說不定，讓我來看一看報上的戲目，究竟有沒有像她那樣的名字和她所愛唱的戲目載在報上。可是茶房又笑了一笑回答我說：「今天是沒有報的，要正月初五起，才茲有報。」

到此我又失瞭望。但這樣的坐在房裡過夜，終究是過不過去的，所以我就又問茶房，上海現在有幾處坤劇場。他想了一想，報了幾處，但又報不完全，所以結果他就說：「有幾處坤劇場，我也不大曉得，不過你要調查這個，卻很容易，我去把舊年的報，拿一張來給你看就是了。」

他把去年年底的舊報拿來之後，我就將戲目廣告上凡有坤劇的戲院地點都抄了下來，打算一家一家的去看它完來。因為我曉得月英若要去上臺，她的真名字絕不會登出來的，所以我想費去三四天工夫，把上海所有的坤角都去看它一遍。

從此白天晚上，我又只在坤角上演的戲院裡過日子了。可是這一種看戲，實在是苦痛不過。有幾次我看見一個身材年齡扮相和她相像的女伶上臺，便脫出了眼睛，把身子靠上前去凝視。可是等她的臺步一走，兩三句戲一唱，我的失望消沉的樣子，反要比不看見以前更加一倍。

在臺前頭枯坐著，夾在許多很快樂的男女中間，我想想去年在安樂園的情節，想想和月英過的這將近兩個月的生活，肚裡的一腔熱淚，正苦在無地可以發泄，哪裡還有心思聽戲看戲呢？可是因為想尋著她來的原因，想在這大海裡撈著她的原因，又不得不自始至終的坐在那裡，一個坤角也不敢漏去不看。

看戲的時候，因為眼睛要張得很大，注意著一個個更番上來的女優，所以時間還可以支吾過去。但一到了戲散場後，我不得不拖了一雙很重的腳和一顆出血的心一個人走回旅館來的時候，心裡頭覺得比死刑囚走赴刑場去的狀態，還要難受。

十四　懺悔

晚上睡是無論如何睡不著了，雖然我當午前戲院未開門的時候，也曾去買了許多她所用過的香油香水和亞媲貢香粉之類的化妝品來，倒在床上香著，可是愈聞到這一種香味，愈要想起月英，眼睛愈是閉不攏去。即有時勉強的把眼睛閉上了，而眼簾上面，在那裡歷歷旋轉的，仍復是她的笑臉，她的肉體，她的頭髮和她的嘴唇。

有時候，戲院還沒有開門，我也嘗走到大馬路北四川路口的外國鋪子的樣子間前頭去立著。可是看了肉色的絲襪，和高跟的皮鞋，我就會想到她的那雙很白很軟的肉腳上去，稍一放肆，簡直要想到她的絲襪統上面的部分或她的只穿了鞋襪，立在那裡的裸體才能滿足。尤其是使我熬忍不住的，是當走過四馬路的各洗衣作的玻璃窗口的時候，不得不看見的那些嬌小彎曲的女人的春夏衣服。因為我曾經看見過她的褻衣，看見過她的把襯衫解了一半的胸部過的，所以見了那些曾親過女人的薌澤的衣服，就不得不想到最猥褻的事情上去。

這樣的日子，一天一天的過去了，我早晨起來，就跑到那些賣女人用品的店門前或洗衣作前頭去呆立，午後晚上，便上一家一家的坤戲院去看轉來。可是各處的坤戲院都看遍了，而月英的消息還是杳然。舊曆的正月已經過了一個禮拜，各家報館也在開始印行報紙了。我於初五那一天起，就上各家大小報館去登了一個廣告：

「月英呀，妳回來，我快死了。你的介成仍復住在四馬路××旅館裡候你！」

可是登了三天報，仍復是音信也沒有。

種種方法都想盡了，末了就只好學作了鄉愚，去上城隍廟及紅廟等處去虔誠禱告，請菩薩來保佑我。可是所求的各處的籤文，及所卜的各處的課，都說是會回來的，會回來的，你且耐心候著吧。同時我又想起了在A地所求的那一張籤，心裡實在是疑惑不定，因為一樣的菩薩，分明在那裡做兩樣的預言。

我因為悲懷難遣，有時候就買了許多紙帛錠錁之類，跑到上海附近的郊外的墓田裡去。尋到一塊文人的墓碑，我就把她當做了月英的墳墓，拜下去很熱烈的

十四　懺悔

祝禱一番，痛哭一番。大約是這一種禱祝發生了效驗了吧，我於一天在上海的西郊祭奠禱祝了回來，忽而在旅館房門上接到了一封月英自南京的來信。信的內容很簡單，只說「報上的廣告看見，你回來！」我喜歡極了，以為上海的鬼神及卜課真有靈驗，她果然回來了。

我於是馬上再去買了許多她所愛用的香油香粉香水之類，包作了一大包，打算回去可以作禮物送她，就於當夜坐了夜車，趕回南京去，因為火車已經照常開車了。

在火車上當然是一夜沒有睡著。我把她的那封信塞在衣裳底下的胸前，一面開了一瓶她最愛灑在被上的海利奧屈洛普的香水，擺在鼻子前頭。閉上眼睛，聞聞香水，我只當是她睡在我的懷裡一樣，腦裡盡在想她當臨睡前後的那種姿態言語。

天還沒有亮足，車就到了下關，在馬車裡被搖進城去的中間，我心裡的跳躍歡欣，比上次和她一道進城去的時候，還要巨大數倍。

我一邊在看朝陽晒著的路旁的枯樹荒田，一邊心裡在默想見她之後，如何的和她說頭一句話，如何的和她算還這幾天的相思帳來。

馬車走得真慢，我連連的催促馬伕，要他為我快加上鞭，到後好重重的謝他。中正街到了，我只想跳落車來，比馬更快的跑上旅館裡去，因為愈是近了，心裡倒反愈急。

終於是到了，到了旅館門口了。我沒有下車，就從窗口裡大聲的問那立在門口接客的帳房說：「太太回來了麼？」

那帳房看見是我，就迎了過來說：「太太來過了，箱子也搬去了，還有行李，她交我保存在那房裡，說你是就要來的。」

我聽了就又張大了眼睛，呆立了半天。帳房看我發呆了，又注意到了我的驚恐失望的形容，所以就接著說：「您且到房裡去看看吧，太太還有信寫在那裡。」

我聽了這一句話，就又和被魔術封鎖住的人仍舊被解放時的情形一樣，一直的就跑上裡進的房裡去。命茶房開進房門去一看，她的幾隻衣箱，果真全都拿走了，剩下來的只是我的一隻皮箱，一隻書櫥，和幾張洋畫及一疊畫架。在我的箱子蓋上，她又留了一張字跡很粗很大的信在那裡：

介成，我走的時候，本叫你不要追的，你何以又會追上上海去的呢？我想你的身體不好，和你住在一道，你將來一定會因我而死。我覺得近來你的身體，已大不如前了，所以才決定和你分開，你也何苦呢？

我把我的東西全拿去了，省得你再看見了心裡難受。你的物事我一點兒也不拿，只拿了一張你為我畫而沒有畫好的像去。

介成，我這一回上什麼地方去是不一定的，請你再也不要來追我。

再見吧，你要保重你自己的身體。

「啊啊，她的別我而去，原來是為了我的身體不強！」

我這樣的一想，一種羞憤之情，和懊惱之感，同時衝上了心頭。但回頭一想，覺得同她這樣的別去，終是不甘心的，所以馬上就又決定了再去追尋的心思。我想無論如何總要尋她著來再和她見一面談一談。我收拾了一收拾行李，就叫茶房來問說：「太太是什麼時候來的？」

「是三四天以前來的。」

「她在這兒住了一夜麼？」

「嗳，住了一夜。」

「行李是誰送去的？」

「是我送去的。」

「送上了什麼地方？」

「她是去搭上水船的。」

啊啊，到此我才曉得她是上A地去的，大約一定是仍復去尋那個小白臉的陳去了吧。我一邊在這樣的想著，一邊也起了一種惡意，想趕上A地去當了那小白臉的面再去辱罵她一場。

先問了問茶房，他說今天是有上水船的，我就不等第二句話，叫他開了帳來，為我打疊行李，馬上趕出城去。

船到A地的那天午後，天忽而下起微雪來了。北風異常的緊，A城的街市也特別的蕭條。我坐車先到了省署前的大旅館去住下，然後就冒雪坐車上大新旅館去。

旅館的老闆，一見我去，就很親熱的對我拱了拱手，先賀了我的新年，隨後問我說：「您老還住在公署裡麼？何以臉色這樣的不好，敢不又病了麼？」

我聽他這一問，就知道他並不曉得我和月英的事情，他彷彿還當我是沒有離開過A地的樣子。我就也裝著若無其事的面貌問他說：「住在這兒的幾個女戲子怎麼樣了？」

「啊啊，她們啊，她們去年年底就走了，大約已經有一個多月了吧？」

我和他談了幾句閒天，順便就問了他那一位小白臉陳君的住址，他忽而驚異似的問我說：「您老還不知道麼？他在元旦那一天吐狂血死了。咳，這一位陳先生，真可惜，年紀還很輕哩！」

我突然聽了這一句話，心口裡忽而涼了一涼，一腔緊張著的嫉妒和怨憤，也忽而鬆了一鬆，結果幾禮拜來的疲勞和不節制，就從潛隱處爬了出來，征服了我的身體。勉強踉蹌走出了旅館門，我自己也意識到了我的肉體的衰竭和心臟的急震。在微雪裡叫了一乘黃包車，叫他把我拉上聖保羅病院去的中間，我覺得我的眼睛黑了。

仰躺在車上，我只微微覺得有一股冷氣，從腳尖漸漸直逼上了心頭。我覺得危險，想叫一聲又叫不出口來。舌頭也硬結住了。我想動一動，然而肢體也不聽我的命令。忽而我覺得腦門上又飛來了一塊很重很大的黑塊，以後的事情，我就不曉得了。

後敘：五六年前頭，我在A地的一個專門學校裡教書。這風氣未開的A城裡，閒來可以和他們談談天的，實在沒有幾個人。

在同一個學校裡教英文的一位美國宣教師，似乎也在感到這一種苦痛，所以

十四　懺悔

我在A城住不上兩個月，他就和我變成了很好的朋友。

秋季始業後將近三個月的一天晴朗的午後，我在一間朝南的住房裡煮咖啡吃，忽而他也闖了進來。他和我喝喝咖啡，談談閒天，不知不覺竟坐了一個多鐘頭。門房把新到的我的許多外國雜誌送進來了，我就送了幾份給他，叫他拆開來看，同時我自家也拿起了一份英國印行的關係文學藝術的月刊，將封面拆了，打開來讀。

翻了幾頁，我忽而看見了一個批評本年巴黎沙隆畫展的文章，中間有一段，是為一個入選的中國留學生的畫名《失去的女人》捧場的，此畫的作者，不曉是哪幾個中國字，但外國名字是C. C. Wang. 我看了幾行，就指給我的那位美國朋友看，並且對他說：「我們中國留學生的畫，居然也在巴黎的沙隆畫展裡入選了。」

他看見了那個名字，忽而吊起了眼睛想了一想，彷彿是在追想什麼似的。想了兩三分鐘，他又忽而用手拍了一拍桌子，對我叫著說：「我想起了，這畫家是我認識的。」

我聽了也覺得奇怪起來，就問他是在美國認識的呢？還是在歐洲認識的？因為我這位美國朋友，從前也曾到過歐洲的。他很喜歡的笑著說：「也不是在美國，也不是在歐洲，是在這兒遇見的。」

我倒愈加被他弄昏了，所以要他說說明白。他就張著嘴笑著說：「這是我們醫院裡的一位患者。三四年前，他生了心臟病，昏倒在雪窠裡，後來被人送到了我們的醫院裡來。他在醫院裡住了五個多月，因為我是每禮拜到醫院裡去傳道的，所以後來也和他認識了。我看他彷彿老是愁眉不展，憂鬱很深的樣子，所以得空也特別和他談些教義和《聖經》之類，想解解他的愁悶。有一次和他談到了祈禱和懺悔，我說，我們的愁思，可以全部說出來，交給一個比我們更偉大的牧人的，因為我們都是迷了路的羊，在迷路上有危險，有恐懼，是免不了的。只有赤裸裸地把我們所負擔不了的危險恐懼告訴給這一個牧人，使他為我們負擔了去，我們才能夠安身立命。教會裡的祈禱和懺悔，意義就在這裡。他聽了我這一段話，好像是很感動的樣子，後來過了幾天，我於第二次去訪他的時候，他先和

十四　懺悔

我一道的禱告，禱告完後，他就在枕頭底下拿出了一篇很長很長的懺悔錄來給我看。這篇懺悔錄，稿子還在我那裡，我下次可以拿來給你看的，真寫得明白詳細。他出院之後，聽說就到歐洲去了，我想這一定就是他，因為我記得我曾經在一本姓名錄上寫過這一個 C.C.Wang. 的名字。」

過了幾天，他果然把那篇懺悔錄的稿子拿了來給我看，我當時讀後，也感到了一點趣味，所以就問他要了來藏下了。

前面所發表的，是這一篇懺悔錄的全文，題名的「迷羊」兩字是我為他加上去的。

一九二七年十二月二十九日達夫志

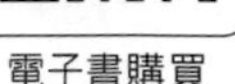

爽讀 APP

國家圖書館出版品預行編目資料

迷羊：逐漸變態的心理描繪，一段近乎狂熱的愛戀 / 郁達夫 著 . -- 第一版 . -- 臺北市：崧燁文化事業有限公司 , 2023.10
面； 公分
POD 版
ISBN 978-626-357-582-0(平裝)
857.7 112013119

迷羊：逐漸變態的心理描繪，一段近乎狂熱的愛戀

臉書

作　　者：郁達夫
發 行 人：黃振庭
出 版 者：崧燁文化事業有限公司
發 行 者：崧燁文化事業有限公司
E-mail：sonbookservice@gmail.com
粉 絲 頁：https://www.facebook.com/sonbookss/
網　　址：https://sonbook.net/
地　　址：台北市中正區重慶南路一段六十一號八樓 815 室
Rm. 815, 8F., No.61, Sec. 1, Chongqing S. Rd., Zhongzheng Dist., Taipei City 100, Taiwan
電　　話：(02)2370-3310　　傳　　真：(02) 2388-1990
印　　刷：京峯數位服務有限公司
律師顧問：廣華律師事務所 張珮琦律師

定　　價：250 元
發行日期：2023 年 10 月第一版
◎本書以 POD 印製